D1023920

Traducción de Alberto Jiménez Rioja

SCHOLASTIC EN ESPAÑOL *agradece a Fidel Rafael Salazar, padre de la autora, por la primera traducción al español que se hiciera de este libro; una fuente de referencia que nos permitió hallar la voz de sus personajes.*

La traducción del "Canto de la flor para las doncellas que llegan a la mayoría de edad" se realizó usando como referencia la traducción al inglés de dicho poema hecha por David Bowles.

Originally published in English as *The Moon Within*

ISBN 978-1-338-63106-7

10 9 8 7 6 5 4 3 2 1 20 21 22 23 24

Printed in the U.S.A. 40
First Spanish printing, 2020

Original edition edited by Nick Thomas
Book design by Maeve Norton

The text was set in ITC Legacy Serif Std Book,
with display type set in AgedBook Regular.

La luna dentro de mí

Aida Salazar

Scholastic Inc.

Para Avelina, Amaly, João y John,
las lunas y estrellas del
universo de mi corazón.

Para todas las chicas y xochihuah,
que este canto de la flor las levante
con amor radical y resistencia.

"La luna alcanza su cénit,
su resplandor ilumina el mundo.
La alegría canta
en cada alma buena".
—Canto de la flor para las doncellas
que llegan a la mayoría de edad,
Cantares de Dzitbalché, canto núm. 7

LUNA NUEVA

○

"Todos somos como la brillante luna,
aun tenemos nuestro lado oscuro".

—*Kahlil Gibran*

MI RELICARIO

Hay un relicario en mi corazón
que contiene todas las preguntas
que dan vueltas en mi mente
y trepan borboteando a lo alto de mi cerebro
como espuma de refresco de raíz.

Preguntas que mi diario
no guarda para que mi hermanito, Juju,
u otros entrometidos no las lean.
Preguntas que Mima
sabría responder,
pero me siento demasiado avergonzada para hacérselas
porque podrían
parecer estúpidas o asquerosas o equivocadas.

Como ¿por qué han empezado a olerme las axilas?
O ¿qué tan grandes crecerán mis senos?
O ¿cuándo me vendrá exactamente el periodo?

Mi piel ambarina

se tiñe de rojo chillón
solo de pensarlo.

Fue hace tanto que Mima tuvo
once años que quizá
no recuerde cómo es,
tal vez me haga hablar de ello, mucho rato,
tal vez me suelte un sermón
sobre la belleza de los cuerpos femeninos
que no quiero escuchar de sus
labios a veces de nopal.
Tal vez piense que estoy
delirando y diga,
Celi, ¿tienes fiebre?
mientras me besa la frente.

Mi relicario también guarda secretos.

Secretos que se enredan en la timidez de mi lengua
incluso cuando intento contárselos
a mi mejor amiga,
Magda.

En vez de eso, mi relicario mantiene en silencio lo mucho
que me gusta Iván, que es un año mayor
que yo y puede hacer una voltereta hacia atrás
mejor que los otros chicos de su clase de capoeira.

O el deseo de que Aurora, mi "amiga",
se aleje
y no esté también enamorada de él.
O la frecuencia con que tomo la tableta
sin que mis padres se enteren cuando
se supone que estoy ensayando
música o baile.

Aunque nunca lo he visto,
sé que mi relicario está ahí.
Guarda mis preguntas,
mis secretos,
tibios,
sin respuestas,
seguros.

LUNA

Un rayo de luz de la luna
se cuela por
las cortinas de mi ventana.

Luna ha salido esta noche.

Mis ojos están abiertos como puertas.

Cumpliré doce años en unos meses; deberían
dejar que me acostara más tarde
que Juju, de siete años, que comparte la habitación conmigo,
    pero no me dejan.
    Ni siquiera hoy, un sábado.
Juju, el de mejillas redondas,
se duerme en cuanto su cabeza toca la almohada.

Yo miro la luz de la luna de mayo.

La veo encender un rayo de polvo
en mi habitación.

Como en un espectáculo,
las motitas danzan,
giran,
rebotan,
flotan,
se deslizan,
dan volteretas.

Bailan como yo.

Trato de memorizar su coreografía
para usarla durante la clase de baile de bomba,
cuando Magda toca el tambor para mí
y soy libre de improvisar
mis propios movimientos.

Sonrío al pensar que las motas de polvo
bailan a mi alrededor
aunque no oiga música.
Tal vez sigan el ritmo de los chasquidos y crujidos
de nuestra casita de Oakland,
de los grillos de la ciudad,
de los pasos de Mima y Papi
antes de acostarse,
de la respiración regular de Juju.

Y cuando Luna se haya ido
y no las vea flotar
sé que seguirán bailando
en un sueño
con Luna y conmigo.

CEREMONIA DE LA LUNA

Mima dice que, a juzgar por mi cuerpo,
pronto vendrá mi luna
y con ella,
mi ceremonia de la luna.
Es el periodo, Mima, le digo, no la luna.
Ella vuelve al ataque,
Vendrá cada veintinueve días,
como la luna.
Así que es un ciclo lunar.

Ella no sabe que la luna, para mí,
es una bailarina, no un periodo.

Temo la ceremonia en la que Mima reunirá
a mis seis tías y
algunas de mis profesoras de baile,
una constelación de mujeres adultas
que me hablarán
de lo que significa sangrar cada mes

y, lo que es peor, tendré que compartir abiertamente
el secreto de mi cuerpo,
el secreto de mi relicario,
como si estuviera en exhibición
igual que un mango maduro en un puesto de frutas.
Estoy a punto de perderme el almuerzo, ya no puedo
seguir poniendo los ojos en blanco sin parar.

Mima se aparta el largo cabello negro como la noche
a un lado para explicarlo por vigésima vez
pero me volteo y la imito al hablar:
Nuestros antepasados honraban
así nuestro florecimiento.
Es un ritual que las sucesivas conquistas
nos arrebataron.

La idea de tener que hablar
con alguien,
especialmente con adultos,
sobre los secretos que solo le cuento a mi
relicario hace que mis entrañas se desmoronen.
¡No lo voy a hacer!
Por favor, Mima, por favor, no me obligues a hacerlo.
¡La vergüenza me comerá viva!,
grito desde el corazón.

No te preocupes, Celi, me calma,
tu cuerpo nos dirá cuando sea el momento.

UÑAS

Sueño que
podrían llegar a ser
largas y fuertes
y pintadas de rojo brillante.
Pero son
bultitos en la punta de mis dedos,
pequeños, torcidos y costrosos.

Me las muerdo sin
darme cuenta, igual que si comiera
palomitas de maíz viendo una película.
Lo hago sobre todo cuando Magda
me cuenta una historia
o cuando Iván está cerca
y finjo no mirar.

Es, sobre todo, un hábito nervioso,
como si hormigas ansiosas reptaran por dentro de mis dedos.
Mis padres y mi profesora de baile, la Srta. Susana, dicen,
¡Celi, deja de morderte las uñas!

Pero, de pronto, suben zumbando hasta mi boca
mientras aprendo nuevas coreografías
o espero mi turno para bailar.

Mima dice que no puedo pintármelas
de rojo hasta que cumpla trece años
y sea oficialmente adolescente,
lo que me hace gruñirle
entre dientes.
Además, habla de bacterias
que se te quedan en los dedos
y aunque me da asco,
me olvido fácilmente y mordisqueo
los pedacitos de piel
que cuelgan de mis cutículas.

El Dr. Guillermo, mi dentista,
me dijo que pusiera un montón de notas adhesivas
en mi casa o en mis libros
para recordarme que no debo mordérmelas.
Así es como consigue que sus pacientes
dejen de rechinar los dientes.
Lo hago durante una semana, pero es inútil.

No puedo explicarlo,
morderme las uñas

me consuela, igual que
beber chocolate caliente
o comer tortillas caseras tibiecitas
en el desayuno.

UN CLÓSET LLENO

El lunes por la mañana antes de la escuela no puedo cambiarme
en nuestro único baño, ya que Mima está ahí,
así que me meto como sea en el clóset
para que Juju no me vea.
Cuando Papi viene a llamarme para
el desayuno que siempre prepara,
me quedo callada y quieta,
creo que me he librado, pero pronto Mima
viene a mirar y
abre la puerta.
¡Ay, mija, me encanta!, grita
para que toda la casa lo oiga.
Me aferro al nuevo sujetador que me compró,
retorcido como una montaña rusa sobre mi pecho.
Los tirantes están enredados, déjame arreglarlos.
¡Shhh, Mima!, susurro molesta.
Mientras los desenreda, llama a Papi,
¡Amor! ¡Ven a ver lo bien que le sienta el nuevo sujetador a Celi!
Mueve la cabeza como si le pareciera increíble,
Es asombroso, mira a esta muchachita, está floreciendo.
Oigo los pasos de Juju y Papi acercándose,

pisadas cada vez más fuertes que golpean
acaloradamente mi cabeza.
Me contorsiono como un *pretzel*
dentro de ese
clóset que
se encoge,
        ¡Mima! ¡No!
Quieta, no hay nada de qué avergonzarse, Celi,
        ¡es motivo de celebración!
¿Qué? ¿Qué celebramos?, pregunta Papi.
¡Pechos, a nuestra niña le están creciendo los pechos!
La voz altísima de Mima me quema los oídos.
¡Increíble!, dice Juju.
Cuando tenga once años, ¿me crecerán a mí también?
        ¡Cállate! Tú, pequeño..., contraataco.
Celi, advierte Papi, pero luego se voltea hacia Juju;
No es probable, mijo. Son glándulas mamarias diseñadas
para amamantar bebés. Como la mamá cabra que vimos, ¿recuerdas?
¿Quieres decir, como las tetas de cabra?, Juju se parte de risa
y suelta un molesto y ruidoso berrido de cabra,
¡Celi tiene tetas!
Mi piel se hincha con un fuego descontrolado.
        ¡MIMA!, grito, tan indefensa como la ceniza.
Ella me abraza muy fuerte y me besa
la cabeza y la cara chisporroteantes.
Estoy tan emocionada por ti, Celi. Realmente es un momento
maravilloso.

Me zafo de un tirón, les doy la espalda a los tres
y me pongo la camiseta deseando esfumarme en una llamarada.
Cuando me doy la vuelta, ¡Mima tiene lágrimas en los ojos!
Vamos, dice Papi, y después de abrazarla los empuja a ella y a Juju
hacia la puerta,
Démosle a Celi un poco de privacidad.

Me escapo de ese espacio tan estrecho
llenando y vaciando mis pulmones de una ira que me quema.
Mis ojos ardientes se posan en la foto
de mi familia y yo frente al pastel
de mi undécimo cumpleaños,
y acerco unas tijeras a sus caras sonrientes
y a la mía
hasta
que
somos
un
millón
de pedazos,
como
mi
relicario.

SUJETADOR GLOBO

En la escuela
soy un pez globo
con mi nuevo y escurridizo sujetador reluciendo
bajo la blusa,
inofensivo
para quienes no saben
o no les importa lo que me pongo
nunca,
como Magda,
pero con mi pecho peligrosamente henchido
frente al primer niño que se atreve a preguntar,
¿Es un tirante de sujetador lo que veo?

EL CIELO ANARANJADO DE OAKLAND

Tras la escuela, camino siete pasos por delante de Mima y Juju
hacia mi clase de ballet en el Conservatorio de Ballet de Oakland,
a solo unas cuadras de casa.
A medida que mis piernas se alargan
mis zancadas cubren más terreno.
No puedo llegar tarde o perderé mi beca.

Oakland
s
e

a
b
r
e
ante mí,
el sol luminoso de este casi verano
despliega un glaseado gris naranja sobre la ciudad.

Finjo estar sola.
Pronto iré a clase
        sin Mima.
¿Qué podría pasar en tres cuadras?
Por ahora, el viento acaricia mis rizos
y huelo el humo de los carros
mezclado con el olor del pasto
recién cortado.
Paso junto a un montón de cosas de bebé
dispuesto en la acera con un letrero
que dice "Gratis".
Arranco las espigas de cola de zorro
y junto sus penachos plumosos
mientras camino.

El hombre con la cola de caballo larga
que nunca sale de su casa
está afuera fumando
mientras su pitbull descansa
en los escalones de la entrada, sin correa.
Aguanto la respiración y acorto el paso.
No quiero que el perro me persiga.

Al doblar a la izquierda en MacArthur
me encuentro un cielo mandarina
y me doy la vuelta para ver
si Mima está aún

detrás
de mí.

Me alivia que esté
porque hay chicos en MacArthur
gritándose los unos a los otros.

Se reúnen en una parada de autobús
con sus uniformes escolares,
bandada de cuervos esperando ir a casa.
Una chica empieza a pelear con un chico
moviendo los brazos amenazante
mientras él da marcha atrás en la acera
y todo el mundo grita
                    con los teléfonos en la mano.
No sé si juegan o es en serio,
así que desacelero del todo y me agarro del brazo de Mima.
                    Un cielo amargo como un cítrico nos cubre.
De repente, todos se ríen
y maldicen como si nada hubiera pasado.

Me pregunto por qué bromean así
y por qué no van a clase
de baile como yo.

COMO UNA SECUOYA

El jueves espero verlo entrar
al Centro Cultural La Peña.
Iván, el de la sonrisa tímida,
la piel marrón corteza clara;
el cabello abundante, rizado y oscuro
que se alza en un pico,
como un árbol en crecimiento.
Piernas como ramas
y brazos tan largos
que alcanzan el sol
cuando hace capoeira.

Lo busco en el espejo grande del estudio
durante mi propia clase de baile;
él habla con sus amigos,
la bolsa de gimnasia a la espalda,
la patineta en la mano.
Espera a que mi clase de bomba termine
y salgamos

y comience su clase de capoeira.
Solo saluda con la mano, tal vez dice *hola*
cada jueves, ni más ni menos.

Parece que se está acercando al otro
lado del crecimiento, con esa ronquera en la voz
y esos granitos esparcidos en la frente.

Finjo recoger mis cosas despacio
mientras mis ojos lo acosan rápidamente.
En su clase, se balancea —hace una ginga—
con las manos en alto, alerta, como
un boxeador grácil en ese arte marcial,
esa lucha camuflada de baile.

El verano pasado fuimos juntos al campamento de arte
en el bosque donde están las secuoyas,
lo más lejos de Oakland que he ido sola.
Cuando estábamos allí,
hablábamos durante el almuerzo.
Una vez me dijo que vivía
con su mamá y que su papá
no iba mucho por casa y que,
aunque no es brasileño,
la capoeira lo ayuda
a no pensar en lo mucho que lo extraña.

Abrí mi relicario
un poco también para decirle
que aunque solo soy medio puertorriqueña,
al bailar bomba siento
que las cálidas aguas del Caribe
mecen y acunan
la felicidad dentro de mí.
Esto lo hizo soltar una risita
y a mí querer enterrar
mi cara sonrojada en la tierra.

Aunque ahora estamos lejos del bosque,
me gusta oírlo decir
hola de esa manera rota
en que a veces lo dice
y recordar el olor de las secuoyas
y a nosotros unidos
durante un segundo.

MI MEJOR ECO

Magda es mejor que mi mejor amiga,
y eso es raro tal vez,
porque no nos parecemos en nada.
Llevo mi pelo rizado
en una larga cola de caballo
o recogido en un moño
y me encantan las ondeantes faldas de algodón
que las jóvenes han de vestir para bailar bomba.
Ella lleva su pelo castaño brillante
corto,
camiseta, *jeans* y zapatillas Vans
estilo patinador,
y apenas baila.
Solo toca el tambor.

Es más bajita
que otras niñas de once años,
quizá porque aún
no ha dado el estirón.
Pero el poder de sus manos es tan grande
que el sonido de su tambor rebota,

llena la sala
y se hunde en tus huesos.
Es sin duda alguna la mejor percusionista
de nuestro grupo de bomba, Farolitos,
y la mejor sonriendo.
Magda sabe cómo animar a la gente
cuando actuamos
con un fugaz destello
de sus anchos dientes blancos.

Creo que bailo mejor
si toca ella.
Cuando hago un movimiento
y lo marco con mi falda ondeante, un piquete,
ella golpea el tambor justo en ese momento.
Como un eco pero mejor, porque es como si
pudiera leerme la mente y supiera
mi próximo movimiento antes que yo.

Ella es mi mejor eco.

MARIMACHA

Antes de nuestra última actuación
de hace un par de semanas,
Magda esperaba a que uno de
los cubículos del baño quedara libre.
Aurora, la del pelo caoba, dice,
No puedes estar en el baño de las chicas.
Magda se ríe. *Por supuesto que puedo. Soy una chica.*
Sabía lo que Aurora quería decir
porque otros le preguntaban a menudo
cuánto tenía de chica y cuánto de chico.

Mima estaba en el baño también,
recogiéndome el pelo en un moño apretado
que me estiraba los ojos
como ligas elásticas
y nos quedamos mirando en silencio.

Aurora alzó su voz chillona y añadió,
Mi mamá dice que te odias a ti misma y por eso
quieres ser un chico.

Magda se sonrojó
hasta la punta de las orejas.
Le dio la espalda a Aurora
y se frotó la cara con las manos,
como para impedir que se le salieran las lágrimas;
las demás nos quedamos en silencio, conmocionadas.

¡Espera un momento, Aurora!
Mima me suelta el pelo
y se acerca a ellas.
Magda se quiere más a sí misma
que cualquiera de nosotras.
Se conoce a sí misma tan bien
que puede ser quien quiera.
Y puedes decirle a tu mamá
que yo dije eso.

Menos mal que Mima estaba allí.
Las ideas se me atascaron en la mente
como un carro averiado,
y mis inquietos pensamientos
querían volar
y posarse en cosas felices,
como lo divertido que es
para Magda y para mí
aprender a montar en patineta

o

mordernos la lengua para que las palabras normales
suenen a palabrotas
o
jugar al eco cuando actuamos.

Magda sonrió de oreja a oreja,
agarró a Aurora, le pasó un brazo
por los hombros y
le dio un golpecito en la cabeza
como si dijera,
Tú, niña, déjame en paz.

COMPÁS DE DOS POR TRES

Miré a Magda
cuando nos quedamos solas
en el baño.
La observé
para saber qué sentía.
Las palabras correctas bloqueadas en mi boca
por mis uñas mordidas.
No podría describir lo mal que me sentía
por haberme quedado callada,
por dejar que Mima hablara por ella,
por no saber cómo
defenderla de la grosera de Aurora,
que chismorrea como respira.
De todas las personas, Aurora, cuya piel clara
hace que ese gran lunar
marrón de su sien
parezca un tercer ojo
y que chilla como loca
cada vez que ve a Iván.

Vi las oscuras cejas de Magda
levantadas como dos paraguas.
Oye, acabo de aprender ese ritmo de hambone
en compás de dos por tres.
¿Quieres que te lo enseñe?
Apenas chillé,
¿Estás bien, Magda?
Ella no contestó, en vez de eso
me tomó de las manos y nuestros ojos
se enlazaron como una promesa de meñiques
del tipo "Aurora no importa".
Ambas sonreímos como dos chicas raras,
cada onza de incomodidad
en fuga por
las palmadas del hambone
que calientan las manos

dos
después tres
luego dos
después tres
al compás...

LAS YERBAS DE MIMA

Mima dice que las yerbitas pueden curarnos.
Las yerbas bebidas o comidas
pueden curar lo que te molesta:
fiebre, resfriados, dolor de cabeza, nervios,
calambres, dolor de panza, dolor de muelas
y dolores de crecimiento.

Ella lo aprendió de su madre, Yeya,
que lo aprendió de su madre,
que lo aprendió de su madre,
así
atrás
atrás
y más atrás,
toda una larga línea de mujeres herbolarias en México;
y me enseña a mí también.

Las cultiva
en el jardín.

A veces en macetitas afuera.
Así es como más me gustan
para escogerlas
con las puntas
de mis dedos sin uñas.
Arranco una ramita tierna
directamente de la planta
y me la como al sol.

Veo a Mima hacer tinturas,
tés fuertes y ungüentos
para amigos y clientes enfermos.
Lo curioso es que se mejoran.

Se deshizo de mi
molluscum contagiosum —verrugas en la barbilla y los pies—
asfixiando cada verruga
con sangre de drago, la apestosa resina roja
de un árbol mexicano
que huele a un cruce
entre pies y vómito.

Le dio a Luis, el papá de Magda,
un té tan fuerte que apagó
su intestino en llamas,
que lo hacía doblarse de dolor.

Esta noche estoy haciendo una lista de todas las yerbas
que conozco y de lo que curan,
y la escribo en mi tableta
por si me sirve para algún trabajo de ciencias:

Yerbabuena: dolor de panza, cerebro nublado
Árnica: moretones, esguinces
Romero: mala vista, caspa
Bálsamo de limón: nerviosismo, herpes labial
Manzanilla: dolor de panza, insomnio
Sangre de drago: verrugas, eczema, acné y otros granos
indómitos

Quizá algún día, además de bailarina,
sea también herbolaria.

MI FLOR

Flor es el nombre que Mima
les ha dado a mis partes de abajo, las de niña,
desde que era muy pequeña
y me enseñó a lavarme.
Sostuvo un espejo entre mis piernas
y me permitió inspeccionar entre los pétalos
y hacer preguntas:
¿Por qué se ve así?
¿Por qué está este botón aquí
y esa abertura allá?

Este agujerito de aquí es para el pipí; recuerda limpiarlo de adelante hacia atrás para mantenerlo sano.
Este de acá es el canal de parto, el lugar por donde los bebés pasan al nacer y que lleva al útero donde crecen.
Y este botón es solo para ti, es tu botón de la felicidad.
Tú misma elegirás cuándo pulsarlo.
Nuestras flores son las partes más mágicas de las mujeres, mija.
¿No somos afortunadas?
No pensé demasiado
acerca de eso en aquellos tiempos

y solo a veces me acuerdo
cuando siento un cosquilleo chispeante en mi flor
mientras bajamos por una gran colina
o me monto en una atracción de feria.

Últimamente, el hormigueo ocurre
cuando pienso en Iván.
Las mariposas revolotean primero en mi panza
y luego se abren camino hacia abajo,

como
un chorrito
hasta
mi
flor.

Me pregunto, ¿sabrá alguien
que mi flor destella?

Pero luego recuerdo
lo que dijo Mima:
Es solo para mí.
Me alivia saber que
más nadie lo sepa.

PAPÁ TAMBOR

Mi padre es un tambor.
Su pecho es como un barril
que usa para practicar los ritmos
de sus congas cuando no las tiene a mano,
un barril del que sale una voz retumbante
cuando canta o me pide que me acerque.

Suave como la tierra bajo mis pies
cuando me acurruco a su lado
si Juju me enoja tanto que me dan ganas de llorar
o si no puedo encontrar el tambor en mí.
Me dice,
Canta desde tu aliento y desde tu corazón.

Kae, Kae, Kae, Yemayá olodo
Kae, Kae, Kae, asesú olodo

Y cuando lo hago, todo es mejor.
Mi tambor está afinado.

Manos tan ásperas y callosas

que parece que se ganara la vida
clavando clavos, pero es
conguero.
Su vida es la música.
Los pac, poc, tum, tim
llenan nuestra casa a diario.
Quizá por eso salí
bailarina.
Desde el principio,
el latido del corazón de Mima
y la música de Papá Tambor
fueron mi banda sonora;
así que bailo y canto con ella.

PAREDES DE PAPEL

El sábado por la noche me acuesto tarde.
Juju duerme.
Luna mengua.

Las bailarinas vienen
a nuestro cuarto otra vez
sin vestirse tan brillantemente.

Mientras las veo hacer piruetas
puedo oír a Mima y a Papi
hablando en el comedor,
cerca de nuestro cuarto.

Sus voces vibran
como una armónica
a través de las paredes de papel.
Me doy cuenta de que es algo
intenso por la forma
cantarina en que sus

voces suben y bajan,
susurran y golpean,
y me sintonizo...

Mima, por favor, ve más despacio con ella. Es demasiado joven para lidiar con todas esas cosas de mujeres adultas.

> *¿Estás ciego, amor? ¿No has visto cómo se está desarrollando su cuerpo?*

Deberías animarla a ser mejor artista, mejor bailarina, mejor estudiante, no a ser una adulta.

> *Ella puede ser todas esas cosas y aun así celebrar el desarrollo saludable de su cuerpo.*

Supongo que no quiero que mi niña crezca. ¿No puedes dejar que haga las cosas a su manera y no a la tuya?

> *Sus cambios van a ocurrir, nos guste o no.*
> *Es la ley de la vida.*

¿Pero no crees que necesita privacidad? ¿Un poco de espacio?

> *Sí, pero no creo que tenga mucho con ella y Juju hacinados en esa habitación.*

Me refiero a ti y a esa ceremonia de la luna.

¿A mí? Espera un segundo, amor. Que me condenen si MI hija entra en su feminidad sin saber sobre su cuerpo y su conexión con el universo.

Pero es solo una niña, Mima.

Sí, una niña FLORECIENTE de casi doce años que muy pronto será mujer. Va a necesitar todo su poder, todo su autoconocimiento y toda su comunidad cuando llegue el momento.

Oigo un ruido,
como si alguien hubiera golpeado la mesa del comedor
y no sé si fue Mima o Papi.
Oigo ruidos como de recoger y quejas por
un vaso de agua derramada.
Entonces se quedan callados.

Aunque me gustaría que Mima
escuchara a Papi,
me pregunto cómo será todo mi poder
y cuánto de mí queda por descubrir.

JUJU RELÁMPAGO

Juju nació
          con el corazón roto
                    y los ojos azules.

Vino la noche en que arreciaba una gran tormenta,
tan diminuto que parecía que iba a romperse
y salió feo.

Mima dijo que parecía
un pajarito caído del nido
o más bien un viejito ruso, un anciano ruso
de piel blanca, cabeza calva y ojos claros.

Nadie podía explicar exactamente por qué
era tan blanco, tan distinto
del bronce de nuestra piel
excepto Mima, que dijo que
quinientos años de colonización
le daban esos colores
y que se broncearía en un abrir y cerrar de ojos.

Y así fue, aunque eso nunca los preocupó.

Los médicos dijeron que solo
la cirugía de corazón abierto podría reparar
su tetralogía de Fallot, un corazón roto
en
cuatro
lugares.

Mima lloró mucho,
en parte porque sus yerbas
no podían curarlo
y sobre todo porque había peligro
de que muriera en la mesa de operaciones.

Pero no murió.
Volvió como un
pequeño relámpago.

Yo le cantaba canciones
para que dejase de llorar
y porque Papi dice
que la música también nos cura.

Me gusta pensar que funcionó,
porque ahora su corazón está sellado.

Es tan dorado como yo,
aunque aún tiene esos locos ojos azules
y su boca se mueve tan rápido
que ni un rayo la atraparía.

NUESTROS PEDAZOS

El domingo por la mañana
vuelvo a nuestra habitación después del desayuno.
Mima tiene el bote de basura al revés
y todo está regado por el suelo
como pétalos de flores caídos.
Ella y Juju buscan algo,
como a menudo hacen con las piezas perdidas de Lego,
pero, esta vez, Mima está llorando en silencio.
¿Qué rompiste ahora, Juju?, empiezo a regañar,
pero ella levanta los ojos y congela mis palabras
con una fría mirada de "cómo has podido".
Entonces veo que tiene pedacitos
de nuestras caras en la palma de la mano,
(nuestros ojos y sonrisas,
cabellos y cuerpos,
el pastel de mi undécimo cumpleaños),
cortados en triángulos,
cuadrados y rombos deformes.
No sabía que nos odiaras tanto, mija.
Entonces soy yo quien empieza a desgarrarse
al ver a Mima tan dolida por

haber tenido un momento de coraje.
Me las arreglo para temblar sin que se note.
        Solo estaba enojada.
¿Por qué, Celi? ¿Qué hemos hecho?
No me atrevo a decirle
lo que realmente quiero decir desde el principio.
Respóndeme, Celi. ¿Qué?
Cierro los ojos,
demasiado cargados de lágrimas,
y las palabras se me escapan:
        ¡No quiero compartir
        lo que le pasa a mi cuerpo
        con el mundo entero!
        Eso es asunto mío.
        No tienes derecho, Mima.
        ¡Es *mi* cuerpo!
Al entreabrir los párpados,
veo un tajo de dolor rasgando
el ónice de sus húmedos ojos.
Pero, mija, no tienes nada que ocultarnos
ni a Papi ni a Juju ni a mí.
Es   una   cosa   hermosa
lo   que   te   pasa.
Murmura dulcemente, dejando mucho espacio
entre las palabras, que chocan dentro de mí.
Viene a abrazarme
pero me aparto.

Juju abre la boca de par en par
y el corazón herido de Mima
drena la suavidad de sus sollozos.
Su llanto se hace más intenso,
pero no me importa.

Mima se arrodilla,
recoge un pedazo de la foto rota,
la mitad de *su* cara, y me lo muestra.
Somos una familia, Celi. Viniste de mi sangre.
Es absurdo que trates de eliminarnos o de apartarme de ti
porque nada puede cambiar eso.
Comienza a caminar hacia la puerta,
pero se lanza sobre mi tableta
y se la lleva con ella.
Me arrojo
en la cama y

grito

en la almohada.
Siento que una pieza de Lego
golpea
mi espalda
cuando Juju se va
en busca de Mima.

NEGROMEXICA

Magda me sorprende mirando a escondidas a Iván,
que hace trucos de patineta en el exterior de La Peña.
Por suerte, Aurora, la plaga, no está por aquí
babeándose a su alrededor.
Así que Magda se sienta a mi lado
para seguirlo con los ojos mientras
chirría,
se desliza
salta
rasguñando la maceta de concreto.

Iván es negromexica, negro y mexicano,
mezclado como yo.
Un poco diferente a mí,
que soy negra-puertorriqueña-mexicana,
pero con el mismo ámbar profundo en la piel
y los ojos color miel marrón rojiza.

En la parte inferior de su patineta lleva pintados
un calendario azteca en un extremo
y una Pantera Negra en el otro.

Lo oímos decirle a su amigo
que él y su papá mexicano
pintaron esa tabla
          juntos
antes de que su papá se marchara.

MAMÁS TIERRA

Mima y Teresa, la mamá de Magda,
se sientan a platicar en el café de La Peña
mientras esperan a que nuestra clase de bomba termine.
Son amigas desde la universidad,
de sus tiempos en la organización Poder Xicana,
cuando empezaron a aprender sobre lo de ser mexicas,
nuestros antepasados aztecas
y nuestra historia perdida.

Teresa es quiropráctica
y armoniza fácilmente con la herbolaria Mima.
Retomaron el contacto al hacer
sus doctorados en la UHNC
—Universidad Holística del Norte de California—,
embarazadas de nosotras y especializándose en sus campos.
A Magda y a mí nos hermanaron
desde que éramos bebitas.

Ahora son
la Dra. Teresa Sánchez y la Dra. Amelia Rivera,
aunque Magda y yo las llamamos

Dra. Pegahuesos y Dra. Pociones.
Pertenecen al mismo círculo de mujeres,
un lugar donde se reúnen mensualmente
para soñar, crear, hablar o llorar,
tomar té o vino o lo que sea.
Es mi alivio mensual del estrés, dice Mima.

Secretamente, odio el círculo de mujeres.
De ahí sacó
la idea de la ceremonia de la luna,
para empezar.

Sospecho que algunas de esas mujeres
vendrán a esa ceremonia
si la tengo.

SI...

Poco saben ellas;
a Luna le interesa más el baile
que la menstruación.

EL RELICARIO DE TAMBOR DE MAGDA

Papi nos enseña a tocar y a cantar
en su clase de tambores del mundo
que nos da los martes por la tarde en La Peña.

Magda se sienta cerca,
le hago ojitos graciosos
y ella se ríe,
pero sacude la cabeza,
levanta una comisura del labio,
muestra solo medio hoyuelo
y se concentra en Papi,
a quien los niños llaman Sr. Rivera.

Él habla de lo mucho que les debemos
a nuestros antepasados por la música
y dice que el tambor es como
un salvavidas para la comunidad
y que nos fortalece en todos los sentidos.
Magda atesora sus palabras en lo más hondo.

¿Tendrá también su propio relicario de tambor
para guardar todo lo que ama en secreto?

El orgullo la envuelve
y cae sobre el leve tamborileo
de sus dedos en el regazo.
No puedo contener una gran sonrisa
por el simple hecho de pensar en
el color y la forma de su relicario
y en lo que podrá ocultar en su interior.

¿IVÁN TAMBIÉN?

Después de clase, cierro mi relicario
cuando Magda está cerca.
No saco a relucir mi preocupación
por la idea loquísima de la ceremonia de la luna de Mima,
que es la misma esperanza chiflada de Teresa para Magda.
El caso es que a ella no le importa,
a pesar de nuestras Mamás Tierra.
La floración de Magda no ha empezado,
lo sé porque usa camisetas
y no un sujetador de copa casi B como yo.

Así que le cuento que me castigaron
y cómo hice pedacitos
la foto de mi familia.
Espero que se ría,
pero en cambio es tan dulce
como un gatito dormido
cuando me defiende,
A veces, al sentirnos heridas,
hacemos cosas
que no queremos hacer.

Mi relicario tintinea.
Quiero hablar con Magda acerca de
        cosas. Cosas importantes.

La veo mostrarme el nuevo truco
que aprendió en su patineta
mirando a Iván de lejos.
Me imagino que mis secretos podrían
aterrizar con suavidad
en mi amiga.

Abro mi relicario
y confieso,
        Me gusta mucho Iván.
Magda se detiene de repente y me mira
como si la hubiera abofeteado.

        A mí también me gusta mucho.

Mis ojos se llenan de confusión.
¿Cómo se atreve?
Se supone que es
mi mejor amiga.

Me esperaba esto de Aurora,
pero ¿de Magda?

Nunca debí
haberle abierto
mi corazón.

TODO SE TAMBALEA

Todo lo que creo que es

no es.

Los que son amigos

no lo son.

El chico que me gusta

no es mío,

sino de todos

y

de nadie.

UN CHICO COMO ÉL

Magda debe de haber visto
como alargaba la cara hasta chocar contra el suelo.

No, lo que quiero decir es que me gustaría ser como él.
Ah, ¿no es que quieras estar con él?
¡No, boba, para nada!
Si pudiera, dejaría de ser una chica
para ser un chico como él ahora mismo.
Si pudiera, me metería de un salto en su piel.

¿En serio?
No me lo imagino.
¿Tendría a un chico como mejor amiga?

Mi cara debe de haber rebotado del suelo
y haberse contorsionado en el aire como un acróbata.

¿Eso te asusta, Celi?

En una fracción de segundo
me doy cuenta de que nadie le ha puesto nunca un vestido

y de que nunca jugamos a las muñecas
ni nos pintamos los labios.

Hablamos de cosas divertidas,
de la naturaleza, de los tambores de bomba,
y nos reímos.
Una chica que no está interesada
en vestidos de volantes
ni en ponerse maquillaje,
pero es inteligente y amable
y cariñosa y divertida.

¿Que si me asusta?
No, Magda, solo te hace
tan increíble como Iván
o más.

CONFESIÓN

Magda es paciente conmigo
mientras abro mi relicario lo suficiente
para desplegar la lista
de cosas que me gustan de Iván.

Amo...
que no esté pendiente
de su pelo,
que hable con voz quebrada
como si estuviera a punto de tener laringitis,
que sonría solo
con la mitad de la boca,
que lleve camisetas algo sueltas y
pantalones de pana algo caídos,
nada que pudiera molestar a Papi.

¡Y cómo patina!,
interrumpe Magda.

Sí, patina como
si se deslizara sobre el viento.

¡Sip!
Ella asiente con la cabeza, gustosa y feliz.

Cierro mi relicario antes
de confesarle que
    siento una ligera sensación de inquietud
    en mi pecho y a veces
    en mi flor
    cuando él
    está cerca.

AURA DE AURORA

Siento una brisa
repentina en el estudio de baile.
Miro detrás de Magda
y no veo
sino
restos de una sombra.
Oigo un roce apresurado
y alguien que tropieza
y se queja, *¡Ay!*
Eso que suena a la voz chillona de Aurora
precede a un ruido de pasos
que se alejan.

Magda y yo
nos miramos, rogando,
No era Aurora espiando, ¿cierto?

Mi cabeza es un torbellino.
¿Y si Aurora nos escuchó?
¿Y si descubrió el secreto que guardo
en mi relicario con todas mis fuerzas?

CUARTO CRECIENTE

"Tres cosas no pueden ocultarse por mucho tiempo:
el sol, la luna y la verdad".

—*Buda*

EN NUESTRO TRAYECTO A LA ESCUELA

A la mañana siguiente,
Juju juega un juego de carretera:
busca palabras
en señales y carteles
por orden alfabético.

Ve la *A* en Allah Market,
donde Mima compra el queso de cabra más fresco.
Ahora busca la *B*
y la encuentra en la primera palabra de
Barbacoa de Everett y Jones,
el lugar a donde Papi se escapa
cuando la vegetariana Mima no está mirando.

Él no ve lo que yo veo.

Nuestros vecinos Mei Lin y Rashad

embutiendo a sus tres niños
bien apretaditos
en una minivan destartalada,
como la nuestra.

Camionetas cargadas con equipos de jardinería
que parecen armas, rumbo a las colinas
donde, según Papi,
solo los ricachones
pueden vivir,
a diferencia de nosotros.

Rodamos por las calles llenas de baches.

En la llanura no puedo echar un vistazo
a las quietas aguas azules de la bahía
ni a los puentes que se desvanecen
tan, tan lejos.

Vamos esquivando cochecitos dobles
        llenos de bebés,
carros metálicos de supermercado
        llenos de botes para reciclar,
al hombre del traje a la medida con estampado africano
        y auriculares en la parada de autobús
y a la mujer que ha montado su tienda de campaña

en la entrada de la autopista,
como tantos otros.

Gente de todos los colores
que empuja a esos bebés al preescolar
y escarba en los contenedores de reciclaje,
y va a trabajar,
y forma un hogar,
como nosotros.

No encajan en la lista alfabética de Juju.

Tal vez sea solo mi relicario quien ame
el modo
sabroso
desgraciado
y torcido
en que
se mueve East Oakland.

EN LA ESCUELA PÚBLICA AMANECER

Juju sale corriendo del carro
hacia el patio de recreo de los pequeños
como un perrito suelto.

Me tomo mi tiempo
            pavoneándome tras él,
sintiendo aún en la frente el beso que Papi
me ha estampado.

Lo veo correr
y me aseguro de que llegue
sin problemas a donde debe,
porque en esta escuela K-8
no siempre se puede confiar
en el humor agrio de los alumnos de secundaria
como yo.

OLAS

En el patio de los chicos mayores
veo a Aurora de lejos
e imagino que aplasto su
escuálida
cabeza
de pelo
caoba
entre mis dedos,
como si fuera una hormiga.

Estoy secretamente agradecida de que Iván
estudie en la Academia Bilingüe Orozco,
lejos de nosotras.

Entonces, de pronto, oigo un gruñido bajo.
Srta. Celestina Rivera.
Cuando me volteo hacia el maestro que me llama,
veo que se trata de Magda
practicando su voz de hombre.

Nos partimos de risa porque me ha vuelto a engañar.

Oye, Celi, tengo una idea...
Mis ojos se desvían hacia la apestosa de Aurora
mientras escucho porque no puedo evitar
imaginarme lo que sabe.
Para nuestro proyecto de la feria de ciencias,
estaba pensando que tal vez
podríamos hacerlo sobre las olas.
¿Qué?
Mis ojos se voltean de golpe hacia Magda.
Sí, olas. ¡Quedaría chévere!
Y podríamos hacer olas falsas
en una piscina plástica o algo así.
¡Claro! Olas falsas.

Confieso que lo que quiero hacer
son olas inmensas que exterminen
a Aurora, la ladrona de secretos.

TULIPANES EN EL ESPEJO

Después de la escuela
no quiero meterme en la ducha.
Me peleo con Mima
justo antes de entrar.
No necesito bañarme.
No quiero.
Me da pereza.
Pero cuando el agua caliente
cae
sobre
mi
cuerpo
me escapo a la tierra de la espuma.
No quiero irme nunca.

Aquí es donde las burbujas hacen que mi nuevo cuerpo
desaparezca
y recupero el de antes,
donde no me crecen

pelos salvajes en las piernas
ni dos bulbos de tulipán en el pecho
ni mi cabello rizado es esponjoso.
Es tan resbaladizo
y largo
como el de una
s
i
r
e
n
a.

Mima tiene que venir al baño
para sacarme.
Acuérdate de la sequía, mija.
Salgo de la bañadera y me seco.
Descubro mi imagen en el espejo
y no puedo fingir más.
Ahí están:
el pelo alborotado, los pechos de tulipán, los muslos crecientes.
Mima dice que florezco temprano
y es verdad; mi cuerpo está en camino de parecerse al de ella,
creciendo como una flor
que no quiero ser.

EL PLAN

Planeo con Magda
cómo vamos
a acercarnos a Iván.

¿Y si lo invitamos a la actuación de Farolitos en dos semanas?
Luego podemos pasar un rato en el café.
Magda es un genio.

Ya sé su teléfono, por Mima,
que tiene una lista de contactos
de todos los campistas del bosque de las secuoyas.

Podría hacerme a escondidas con la tableta
para enviarle un mensaje.

Tienes que tener cuidado de que no te atrapen, Celi.
Magda sabe que puede ser arriesgado.

Nuestras madres
son como patrullas de vigilancia;
se niegan a darnos teléfonos.

El padre de Magda *tuvo* que encontrar
en internet un artículo sobre el asunto
que las asustó y las hizo
adoptar mano dura con las pantallas.
Dicen que los niños de nuestra edad
se ven afectados por los campos electromagnéticos
porque todavía estamos creciendo
y no necesitamos un teléfono para nada.

Los padres no siempre saben qué es lo correcto.
Aunque ellos crean que sí.
Especialmente las madres herbolarias y las madres quiroprácticas,
los padres músicos y los padres trabajadores sociales,
como los míos y los de Magda,
que piensan que todo es mejor
cuando está conectado a la tierra.

De hecho, al enterarme del número de Iván,
soñé con enviarle una docena de mensajes,
pero no lo hice porque
no tenía un motivo.

Ahora que lo tengo, voy a esperar
hasta que Mima esté al teléfono o preparando un tónico
para enviarle nuestra invitación
en secreto.

CORAZÓN DESTROZADO

En cuanto comienzo a buscar la tableta
que Mima escondió,
la naricilla de Juju se alza
como si olfateara algo
en el aire que lo rodea.
Los salvajes ojos azules
vigilan mis movimientos
como un gato callejero a punto de saltar sobre su presa.

Tomo mi libro de música
y empiezo a vocalizar las escalas
desafinando a propósito,
y me siento cerca de la ventana de nuestra habitación;
eso hace que Juju salga disparado
con las manos sobre
sus sensibles oídos felinos.

Tan pronto como veo
que no me espía,

comienzo a registrar
la casa con calma,
            en silencio, como un ladrón.

Oigo a Mima al teléfono
con uno de sus clientes necesitados de yerbas
mientras se afana en la cocina.

Justo cuando estoy a punto de rendirme,
encuentro mi tableta
metida entre las sábanas
en el clóset de la entrada.

Corro a mi cama,
pongo la tableta
dentro del libro de música
y empiezo a enviar mensajes.

Al levantar la vista,
veo a Juju delante de mí,
con los puños
en las caderas y
una gran sonrisa de "te atrapé"
en su rostro.

Cuando grita *¡MIMA!*
le doy un puñetazo en el pecho
con todas mis fuerzas.

¡Cállate!
Se dobla de dolor
agarrándose el pecho,
la boca tan abierta
que hasta se le ven
los huecos de los dientes
de leche ya caídos,
pero
nada
entra ni sale
de ella.

Me levanto de un salto,
me pongo a su lado
y le froto la espalda con fuerza,
¡deseando no haberlo
golpeado en el pecho!
De todos los lugares... ¿le rompí el corazón?
Desearía que hiciera
algo,
llorar,
gritar,
¡respirar!

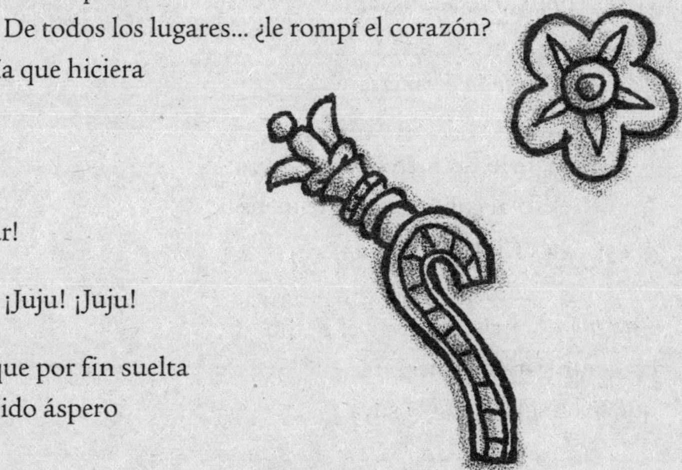

¡Juju! ¡Juju!

Hasta que por fin suelta
un quejido áspero

y solo siento un gran alivio
al escuchar ese gemido
que tanta costumbre tengo de acallar.
 ¡Lo siento, Juju!

Las palabras brotan del miedo que siento...
 No quería que me delataras.
 ¡Por favor, no se lo digas a Mima!
 Te prometo que te dejaré venir a patinar
 con Magda y conmigo,
suplico.

Y, de sopetón,
se le pasa todo,
se seca las lágrimas de un manotazo
mientras una sonrisa crece
en las comisuras de sus labios.

¿En serio? ¿Me lo prometes?

 Sí, te lo prometo.
 Pero déjame enviar este mensaje.
 ¿Está bien?

Está bien, sonríe y se frota el pecho
como un gato de Cheshire
que se ha salido con la suya.

LA INVITACIÓN

Hola, escribí.

Soy Celi, del campamento

Hola con la cola

¿Cómo conseguiste mi número?

Lo saqué de la lista del campamento (emoticono de sonrisa coqueta)

Oh (emoticono de pulgares marrones hacia arriba)

Q acs?

Tareas (emoticono de caca)

LOL igual

¿Q acs dentro de 2 semanas?

No c, probablemente patinar o practicar capoeira. ¿Por?

Estaba pensando que tal vez

te gustaría ir

a mi actuación

...

¿y luego pasarnos por

el café de La Peña?

¿Es para esa clase de

bomba?

Sí.

Estuve mirando
esa clase (emoticono de ojos mirones)
        ¿En serio?
Parece genial
Sobre todo la
percusión
        La clase no es nada
        Deberías ver nuestras actuaciones
        (tres emoticonos de fuego)
Ooh, qué miedo
        Entonces, ¿puedes ir?
No c, tng que preguntarle a mi mamá
        Es el próximo domingo 3 - 6
Espera
...
Mi mamá dice que sí
        ¡Bien! (emoticono de pulgares marrones hacia arriba)

        OK qdms
        Nos vemos allá
Yo tb tqi
Chao
(emoticono agitando la mano)

LA TABLETA

Pulso enviar a tiempo para oír
los pasos de Mima que viene
desde la cocina,
donde también preparaba
un aroma de
pozole y amor,
mi guiso favorito,
que lentamente llena la casa
de un olor a maíz pozolero, ajo y cebolla
que conozco de toda la vida.

Meto la tableta debajo de la almohada
pero Mima me ve
sacar la mano a toda prisa.

Y ladra,
¿Escondiendo la tableta otra vez, Celi?
Mija, ¡tengo que confiar en que vas
a tomar buenas decisiones!
No estaba... las mentiras ahogan mis últimas palabras.
Sabes que solo tienes permiso

para usarla una vez a la semana.
Y no en una noche de escuela,
¡y menos cuando te la quité!

Su mal genio se eleva a la estratósfera
cuando no se siente respetada.
Su intransigencia por las reglas
convierte a mi cálida mamá de pozole
en una bruja tan malvada como el lodo seco.
Sobre todo cuando miento un poco más,
¡Solo miraba el tiempo!

Va a sacar la tableta
de debajo de mi almohada
pero le bloqueo la mano
y eso la hace mirarme
con una ira creciente.
Rebusca enfurecida y,
cuando la encuentra,
la examina y descubre
el intercambio de mensajes con Iván.

Un rápido giro de su cuerpo
y me arruina de nuevo:
Me llevo esto. Gracias.

No se sabe cuándo me la devolverá.

MISIÓN CUMPLIDA

En la escuela, cuando le cuento a Magda que me atraparon,
se ríe y me da golpecitos en la espalda,
No pasa nada... Sabíamos que era arriesgado.

Sonrío en silencio; he cumplido mi misión.
Mima no me comentó nada de los mensajes
y tampoco se lo contó a Papi.

¿Le dijiste a Iván que íbamos a encontrarnos
con él después, para pasar el rato?
        Sí, ya sabe que saldrá conmi... con nosotras.
Me doy la vuelta para que Magda no me vea
y me muerdo los labios en un angustiado ay-ay.
No la mencioné en ningún momento.

Papi me recuerda a menudo que piense en los demás,
sobre todo en los parientes, como Juju,
pero eso me cuesta mucho
porque no quiero compartir

todo con mi hermano
a pesar de su enfermedad cardíaca,
y los líos en los que me meto por eso
me hacen desear, a veces, no haber
tenido nunca un hermanito.

No fue mi intención olvidarme de Magda.

LA LUNA DE MIMA

Mima le lloró la noticia
a su hermana mayor
cuando le empezó.

Estaba asustada.
Nadie la había preparado.
Ni su madre ni sus hermanas.

Le bajó una mancha de sangre
tan oscura que pensó
que estaba enferma.

Su hermana la llevó al baño
para enseñarle a colocar una toalla sanitaria
en la ropa interior limpia
y apenas habló.

La avergonzada Mima se metió en la cama
y no salió hasta el día siguiente.

Me cuenta esta historia una y otra vez

porque no quiere que yo
pase por esa vergüenza,
no quiere que yo
me sorprenda ni me haga preguntas.

Pero me las hago y no las repito.
A mi relicario van
porque mi relicario no da sermones.

Me dice que
nuestros antepasados indígenas
estaban en sintonía con los ciclos naturales,
por lo que tenían nuestro sangramiento por poderoso.
Y que, durante los días de la luna,
las mujeres se reunían en cabañas especiales
para nutrirse, crear y estar en
un espacio sagrado con su ciclo.
Es mi derecho de nacimiento, insiste,
honrar mi ciclo de la misma forma,
así, cuando llegue mi luna,
estaré preparada y me sentiré orgullosa
de compartirlo con nuestra comunidad.

Pero le respondo,

> No soy puramente mexicana,
> la piel oscura de Papi y su influencia caribeña
> también bailan dentro de mí.

A pesar de que gran parte de nuestro conocimiento
nos fue arrebatado,
muchas culturas honraron
las lunas de las mujeres a través de los milenios, Celi.
Ambos linajes te conceden ese regalo.

Apunta al cielo y añade,
La luna pertenece a todas las mujeres, hija.

Cuando llegue, no
quiero una cabaña
ni una ceremonia.
Se lo ocultaré a Mima
todo el tiempo que pueda.
Espero que no llegue nunca
porque no sé cómo esconder la luna.

DANZA DE TAMBORES PUERTORRIQUEÑA

He estado bailando bomba
desde que tenía dos años,
o eso me han dicho.

Nuestra familia fue a ver
a maestros percusionistas y bailarines
de la isla que visitaban Oakland.

Durante el batey —palabra de los indígenas taínos
que significa reunirse en círculo
para improvisar libremente—,
vi junto a Mima
como invitaban a Papi a tocar la percusión.
La Srta. Susana me vio sostener
el borde de mi vestido blanco de volantes,
imitando a las bailarinas que iban formando
el círculo una tras otra
para mantener una sola conversación de baile

con el tamborero principal.
La Srta. Susana me tomó de la mano
y me condujo hacia el batey
para que yo también bailara.

Volteé la cabeza y miré a Mima, insegura,
pero sus grandes ojos me animaron.

Una vez dentro, no copié
lo que la Srta. Susana me indicaba
mientras bailaba a mi lado.
Sostuve el borde de mi vestido
y fingí estar atrapando
mariposas en el aire.
Eso es lo que la música me dijo que hiciera
y el percusionista me respondió
como la imagen de un espejo.
Mis sandalias diminutas se arrastraron
levemente por el suelo,
mi entrecejo se arrugó,
mis brazos y mi falda hablaron
con mis primeros piquetes.
Duró apenas un minuto,
pero el batey entero
aplaudió calurosamente
mientras yo di las gracias

al tamborero principal
con una inclinación de cabeza
y dejé el círculo,
iniciada
y enamorada.

LO QUE NOS ATRAE

Resulta que lo que
mueve las olas es
la luna.

Magda y yo nos enteramos de eso
al hojear los libros de la biblioteca
mientras preparamos el cartel de presentación de nuestro proyecto
en el piso de la sala de mi casa.
¡Podría habérselos dicho yo!,
interrumpe Juju, un fan de los datos.
La atracción gravitatoria de la órbita de la luna
mueve todos los cuerpos de agua de nuestro planeta.
Magda le lanza una bola de papel arrugado.
Está bien, Señor Cerebro, se burla.
Él se encoge, y se va
hecho una furia mientras grita,
¡Pues muy bien! ¡Solo decía!

¡Qué emocionante, Magda!
Nuestro proyecto va a ser el mejor
ahora que también Luna participa.

Será mejor que el aburrido proyecto
de Aurora sobre los agujeros negros.

¡Sí! Podríamos poner una luna de papel maché
en un soporte o algo así.
¿Y si construimos una palanca
para mover la piscina?

Mientras Magda se rompe la cabeza con los detalles
mi relicario da vueltas.

¿Estoy hecha de olas
que giran
y
chocan
y
hacen espuma?

¿Es Luna quien
me impulsa
a
guardar secretos,
a
querer a Iván,
a
gruñirle a Aurora,
a
disfrutar con Magda,
a
bailar?

EN LA FERIA DE CIENCIAS DE LA ESCUELA PÚBLICA AMANECER

Los niños revolotean como avispas
alrededor de cada uno de sus proyectos.
¡Magda y yo sabemos que el nuestro
va a ser un éxito!
¿Quizá se lleve el primer premio?
Su increíble idea de la palanca funciona
como un hechizo mecánico y mi luna
de papel maché brilla con pintura iridiscente;
la Luna más linda que se haya visto.
Nuestro cartel de presentación fue revisado y aprobado
por Teresa y el Señor Cerebro en persona.
Curiosas por ver el trabajo de nuestros amigos,
Magda y yo damos un paseo e inspeccionamos
- un proyecto de cuerda floja sobre el equilibrio;
- la tina de cinco libras de limo casero;

- los lanzadores de aviones de papel de Juju
que vuelven locos a los niños de primaria;
pero, aun así, pensamos que ganaremos la medalla de oro
hasta que
llegamos al de Aurora.

¡Vaya!, dice Magda con una *a* extra larga
cuando ve la mayor instalación
de la sala multiusos.

Una cúpula cubierta por cortinas negras
da la bienvenida con un letrero rojo que dice:
"Agujero negro. Entre por su cuenta y riesgo".
Magda se apresura a ponerse en fila para entrar
y me arrastra con ella.
Solo espero en la fila
porque quiero ver de primera mano
el gran fracaso de Aurora.

En el interior, un millón de estrellas de neón
y centelleantes pelotas de pimpón flotan sobre nosotras.
Todo está iluminado con luz negra,
como si estuviéramos en el espacio.
En el extremo opuesto de la cúpula
un anillo luminiscente rodea
una gran cueva oscura.
De un altavoz sale un ruido blanco sordo

con sonidos aleatorios de naves espaciales.
Entonces la voz chillona de Aurora dice:
Un agujero negro se forma por la muerte
de una estrella masiva. El colapso crea
en el espacio un punto tan denso
que comienza a absorber cosas
a causa de la gravedad.
Si algo cae en uno,
no puede salir.
¡Ni siquiera la luz escapa
a la gigantesca atracción!

Y ¡BUM!
Alguien pulsa un interruptor
y suena algo similar a una
aspiradora.
Vemos que
el gran agujero negro
succiona
pelota de pimpón
tras
pelota de pimpón
hasta
no dejar
ni una.
Es brillante y
No. Puedo. Soportarlo.

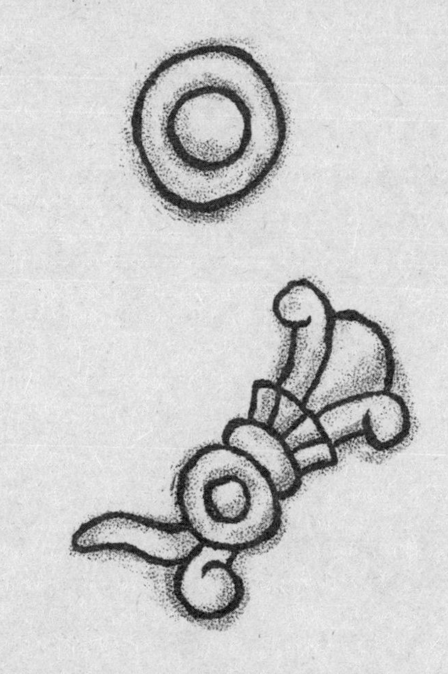

Salgo de allí abriéndome paso entre una multitud de niños.
Magda me sigue,
negando con la cabeza
y sonriendo alegremente
porque acabamos
de ser derrotadas
por Aurora.

UN AGUJERO NEGRO

Cuando acaba la feria de ciencias,
Aurora se nos acerca
acariciando la
        cinta del primer premio
        que lleva en la mano
        como a una rata.
De su sonrisita caen
        las condolencias:
                Lamento que sus enclenques olas lunares
                no impresionaran a los jueces.
                Y qué lástima que Iván no estuviera aquí
                para ver mi exitosa instalación.
¡Felicidades! Magda le da palmaditas en el hombro.
Tu proyecto del agujero negro me pareció increíble.
Al mismo tiempo
me sujeta por el brazo.
        Sabe
                que quiero atacar.
Me muerdo las uñas para no decir nada.
Gruño tras mis dedos
        y deseo que Aurora

se
caiga
en
un agujero negro
y no
salga
jamás.

MÁS QUE NUNCA

Durante la semana siguiente,
Magda y yo no hacemos más que ensayar
para nuestra actuación,
como dos atletas entrenando para ganar.
¡Iván irá a vernos!

Le rogamos a la Srta. Susana que nos deje ser
primera bailarina y primera percusionista de un seis corrido.
Es el ritmo de bomba más rápido
y el que me permite bailar sin falda
y mover los hombros y las caderas más que los otros, que dependen
sobre todo de la técnica de la falda y los hombros.

En un seis corrido
el eco de Magda es preciso,
no se retrasa,
ella toca el tambor con cada
golpe y cada giro de mis caderas
o en el rebote arriba y abajo
de mis hombros
haciendo que nuestra comunicación

resalte y brille sobre los demás tambores,
palos, maracas y voces,
en lo que Papi llama
una hermosa síncopa afropuertorriqueña.

Iván no sabe lo que le espera.

LA FUNCIÓN

¡La Peña está repleta!
Entre bastidores, llevo el cabello en un moño con un pañuelo,
adornado a la izquierda con una gran flor turquesa a juego
con el color de mi falda floreada hasta el tobillo
que me hace sentir como el océano.
Me pongo un toque de brillo en los labios
para que brillen bajo las luces.
Magda viste su guayabera azul oscuro,
jeans blancos, zapatillas deportivas y una gorra Kangol
que le pidió prestada a su papá.
Se baja la gorra
y se la encasqueta bien sobre el cabello corto.
Estamos paradas frente al espejo grande.
¿Lista?, le pregunta Magda a mi reflejo.
Me muevo para chocar la mano con su imagen
pero me detengo y la choco con la Magda de verdad.
Las dos nos reímos mientras nos damos la mano,
chasqueamos los dedos y los separamos aleteando como
pájaros.

Busco a Iván entre el público
antes de que el presentador anuncie el programa.
No veo sus ojos centelleantes ni sus cejas pobladas
        en ningún lado.
Aun así, Magda y yo nos olvidamos
en cuanto llega el turno de nuestro seis corrido.
        Entramos en el mundo de la percusión,
la canción y el movimiento que creamos entre todos,
y que saldrá perfecto,
como en los ensayos.

Ya no soy la Celi que se muerde las uñas,
tiene secretos para dar y tomar
y fue carbonizada por Aurora.
Soy la Celi creciente
                que se voltea,
                        se contonea,
        inventa ritmos propios
                y da rienda suelta a su corazón,
                        a su alegría.
Papi diría que los antepasados están conmigo.
Y no lo dudo, porque percibo su orgullo
mientras me deslizo, giro y brillo en el escenario.

¡El público compuesto por nuestros padres y amigos
nos aclama cuando terminamos!

No podemos verlos, las fuertes luces del escenario nos ciegan,
pero sé que Magda, como yo,
desea que Iván esté también entre el público
para que haya visto lo mejor que hemos hecho en la vida.

EL CAFÉ DE LA PEÑA

Cuando las luces de la sala se encienden
vemos a Iván de pie con otros dos chicos
que parecen tener doce años y ser tan torpes como él.
¡Trajo un equipo!
Al verme, señala hacia el café.
Le muestro el pulgar hacia arriba y voy
por mis cosas.

Cuando llegamos al café
vemos que él y sus amigos
están en un sofá alrededor de una mesa,
sus patinetas apoyadas contra la pared.
Nuestros padres van de acá para allá encargando vino y hablando;
le pido a Mima un agua fresca —de guayaba, mi favorita—
y Magda le pide a su papá, Luis, lo mismo, también su favorita.
Vamos a sentarnos con los chicos y trago con fuerza;
quiero morderme un pedacito de uña del pulgar.
En lugar de eso, le presento a Magda a Iván,
que a su vez nos presenta a sus amigos.
Estos son Pedro y Leandro.

Iván parece un poco nervioso.
Sus ojos van de los míos a los de Magda.
¿Qué clase de nombre es Magda?, suelta.
Es la abreviatura de Magdalena, digo.
Magda me agarra del hombro para que la deje hablar.
Todo el mundo me ha llamado siempre Magda,
pero la ropa de chico corresponde a lo que soy.

¿Entonces eres una chica? ¡Pues pareces un chico!
Iván cubre su risa con el puño
y se vuelve hacia sus amigos,
que se ríen con incredulidad.

Como dije, me visto como lo que soy.

Iván resopla y sigue riéndose.
¡Ay, para ya! Pensé que solo los hombres podían tocar bomba.
Bueno, al menos eso fue lo que me dijo Aurora.
Que solo finges.

Magda respira hondo
y su dolor solo se manifiesta
en el temblor de los labios.

Para tu información, las mujeres tocan bomba todo el tiempo.
Además, ¿qué importa, Iván?, grito.

¿Podemos sentarnos o qué?
No lo sé, no solemos salir con monstruitos.
Me da igual cuánto te guste como monto la patineta.

La sensación de mareo a causa de él
que zumbaba en mi interior momentos antes
se ha convertido en ira, a causa de Aurora también.
Ahora *sé* que contó nuestros secretos.
Le doy un empujón en el pecho, con fuerza,
jalo de la mano de mi amiga y digo,
Vamos, Magda, quién necesita a estos idiotas.

AGRIETADOS

Magda y yo encontramos refugio entre bastidores,
ahora desiertos.
Nuestros corazones
agrietados empiezan a rezumar.

Siento que necesito dar excusas.
    La culpa es de Aurora, esa tarada.
    Iván nunca se había comportado así.
    Tan cruel. Tan grosero.
Pensé que sabía que yo te acompañaría.
Le confieso que ni se me ocurrió mencionarla.
Magda frunce el ceño, con una tristeza
que no le he visto jamás,
acompañada de lágrimas
que ruedan
    por sus mejillas
    como lentas
    gotas
    de lluvia.

Lo lamento, Magda, lamento no haber pensado en ti.
Y siento muchísimo, Magda, lo que te dijo.

No es el chico que pensábamos que era.

TÉ Y TABLETA

En casa, Mima me devuelve la tableta
como recompensa por la actuación.
También me da un té de manzanilla con miel.
Ve que estoy muy callada,
pero no pregunta por qué.

No quiero tocar la tableta
porque tendría que ver el último mensaje de Iván,
el que leí antes de saber la clase de tonto
que es y la clase de tonta que soy yo.

Juju está jugando con sus Legos
y comentando como de costumbre
quién metió la pata
durante la función.

Miro por la ventana para buscar a Luna.
¿Dónde estará esta noche?

En ninguna parte.
Está en su fase de luna negra,

el tiempo de lo potencial, según Mima.
El tiempo de plantar semillas
que florecerán con la luna llena.

Pienso en Iván, en Aurora, en Magda y en mi estupidez.

¿Qué cosecharemos cuando las semillas plantadas son tan mezquinas?

LA INVITACIÓN INVERTIDA

El siguiente viernes por la noche,
mientras veo una película en la tableta,
recibo un mensaje.
¿Q tal, mi Celi?
Es de Iván.
Contesto,
Déjame en paz, ¡no me mensajeo con idiotas!,
pero hago una pausa antes de enviarlo
porque él también escribe.
Mi curiosidad puede más que mi ira.

...

Mañana
es mi cumple.
Voy con algunos de mis
amigos al cine,
¿vienes?
Pulso "Enviar".

¿Qué?
¿Entonces quieres decir que no?
Sí
¿Que sí que vienes
o que sí que no? (emoticono de cara loca suplicante)
Solo estoy invitando a unos pocos amigos
Ven, será muy divertido
Un revoloteo familiar regresa a mi panza
y siento que la marea me arrastra hacia él.
¿Qué van a ver?
Ataque jurásico (tres emoticonos de dinosaurios)
¿Irá tu mamá?
No, me libré
¡Cumplo 13! (emoticono sonriente con gafas
y dientes de conejo)
Puede que la mía
no me deje ir.
Déjame saber
empieza a las cinco
cine Grand Lake.
OK

Mi relicario se debate
raído, maltrecho,
pero con el ánimo en alto.
Oigo las palabras de Magda,

A veces cuando estamos heridos decimos cosas que no queremos decir.

Quizá, solo que no sé cuán herido puede estar Iván
para hablarle así a mi mejor amiga.
El curioso de mi relicario quiere saberlo,
así que pido permiso.

Mima dice que puedo ir
pero
solo si ella y Juju
encuentran otra película para ver
al mismo tiempo en otra sala del cine.
Los dinosaurios carnívoros asustarían a Juju.
Por suerte para mí, ponen una película de pingüinos
y puedo ir y ser un amigo más
de Iván, como Pedro y Leandro,
aunque en realidad no.

NO TAN SECRETO

Sé que nunca seré capaz de contárselo a Magda,
pero es algo que mi relicario no puede ocultar.
Mima, Juju, Pedro y Leandro también lo saben, encima.
Mi mente está hecha papilla.
Ahora mismo
no se me ocurre
cómo guardar este secreto a salvo:

¡Mañana voy al cine con Iván!

LOS CINES

En el vestíbulo, le compro palomitas a Iván
y, por si tiene un accidente de patineta,
le doy una bolsita con cosas de primeros auxilios
que le preparé con remedios naturales:
aceite del árbol del té para desinfectar,
ungüento de tepezcohuite para curar rasguños,
vendas, gasa, esparadrapo.
Me lo agradece con un empujoncito en el hombro.

En la sala, Iván me guarda un asiento a su lado
para compartir las palomitas.
Al principio, solo puedo pensar en Magda
y en lo que le gustaría estar aquí,
¡pero me distraigo cuando veo
a Mima acercándose con Juju
para saber dónde estoy!
La miro apretando la mandíbula
y la espanto con la mano.
Entonces empieza la película.
Me olvido de Magda y de Mima,
se pierden en el terror cinematográfico.

Estoy comiendo palomitas en vez de uñas
y lo mismo hace Iván.
Cuando vuelvo a meter la mano para sacar más
él mete también la suya,
agarra mi mano mantequillosa
y la sujeta allí dentro
perdido como yo en la película.
Lo miro
y saco suavemente mi mano
de debajo de la suya,
mi flor más radiante que nunca.
Aferro mi refresco con ambas manos
y le doy un sorbo que me sabe
a excitación y a miedo.
Y no tanto por la película,
sino porque ahora sé
cómo es
darle la mano a un chico.

Se inclina y me susurra, *¿Tienes miedo?*
Un poco, le confío,
aunque él se refiere a la película.
Por un instante, deseo estar en el cine de al lado
viendo la película de pingüinos
con Mima y con Juju.
Pero el pensamiento se aparta ante
un relicario de mantequilla,

un relicario centelleante
que ansía quedarse aquí
sin Mima y sin Juju.

Me abro de golpe.
Nado en toda esta atención especial
que Iván me está prestando.
Cuando vuelve a inclinarse hacia mí,
me entra calor y siento
como si flotara.
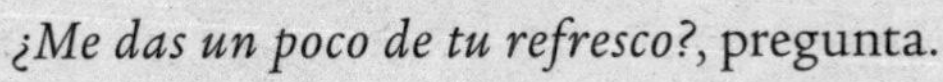
¿Me das un poco de tu refresco?, pregunta.

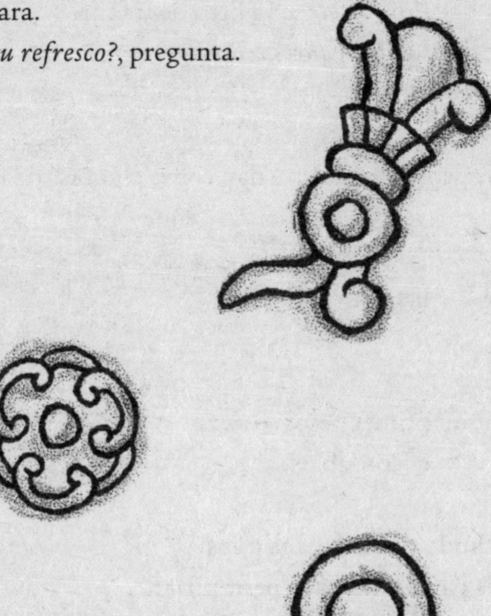

CUANDO CUMPLA TRECE

¿Cuándo cumples los doce? Una ceja poblada se alza.
Pronto, soy una bebé de verano.
¿Te dejarán tus padres tener...?
No, olvídalo, suspira.

Mis pensamientos ruedan como plantas rodadoras.
¿Qué
sentiría si
llegara a
ser su
novia?
Dar mi primer beso
en los labios.
Los suyos
tocando de verdad los míos.
Mis padres nunca lo permitirían.
Papi dice que tengo que tener treinta años
y Mima dice que tengo que tener trece,
y que entonces también podré usar maquillaje

y ponerme *tops* cortos y tener un teléfono
e ir al centro comercial sin acompañante.
¿Por qué debo esperar para tener todas
las cosas buenas si ya no soy
una bebita?

Aunque tal vez a Iván solo le guste
tenerme cerca
como a uno más de sus amigos
e iba a preguntarme
cualquier otra cosa.

SECRETOS EN LA OSCURIDAD

Nuestra sala de cine se vacía.
Mima y Juju siguen en la suya, así que esperamos
junto a los grandes dinosaurios de cartón que hay en el vestíbulo.
Cuando por fin salen,
Iván le agradece a Mima que me dejara venir
y pregunta si les gustó la película.
A Mima le encantan los niños que miran
a los ojos cuando hablan con los adultos.
Juju estalla en una diarrea mental,
¿Y qué, Celi? ¿Cómo fue tu cita?
Echo chispas, le lanzo una pastilla de menta Junior Mint
y le tapo la boca con la mano.
Juju me aparta los dedos y suelta,
Ni siquiera has tenido tu ceremonia de la luna,
pero Mima te dejó entrar al cine sola.
Mima lo agarra y lo atrae hacia ella mientras finge sonreírme
para evitar que arremeta contra él.
Entonces Iván pregunta,
¿Qué es la ceremonia de la luna?

Siento como si alguien
me pisoteara el pecho
y me robara el aliento.

Es un hermoso ritual de llegada a la adolescencia
que nuestros antepasados indígenas
hacían antes de que hubiese quinceañeras
¡Y ahora va y se lo dice a IVÁN!
No sé dónde meterme, así que intento halarle a Juju
las orejas,
pero Mima lo aparta aún más de mí y se lo pone detrás.
Genial, ¿algo que hacían los aztecas?
Iván asiente y me mira poniendo los ojos bizcos
pero luego me guiña un ojo.

Rechaza nuestro ofrecimiento de llevarlo a casa en el carro,
prefiere quedarse a patinar con sus amigos.
Al marcharnos, vemos que se alejan
montados en sus tablas, y también
que ya ha anochecido lo suficiente
para que Luna cuide de ellos.

No le cuento a Mima
que me tomó de la mano en el cine
ni su casi petición de noviazgo
ni lo que piensa de Magda.

Esas perlas las guardará mi relicario.

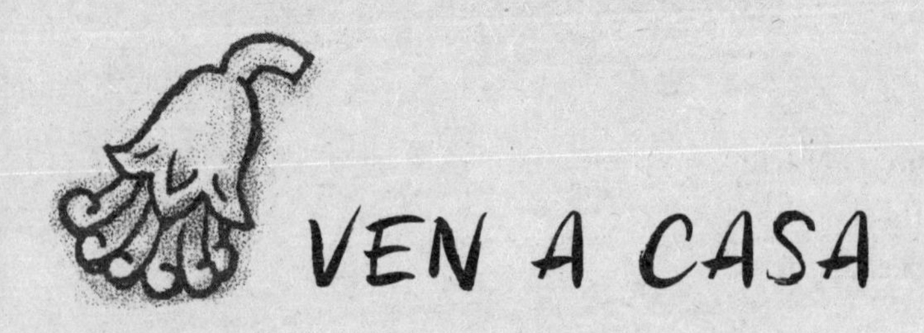

VEN A CASA

El domingo por la mañana, cuando me despierto,
Juju habla consigo mismo
de tener frío a principios de junio,
¿Sabes que el agua se congela
a cero grados Celsius?
Como estamos hechos de agua,
también podemos congelarnos.

Las mañanas de casi verano
en Oakland no serían
tan frescas si no fuera
por la niebla que cruza
la bahía deslizándose como una manta mojada
y se filtra por estas viejas paredes
sin aislamiento y
los crujientes pisos de madera
de nuestra casita que, pese a eso,
se ve llena de vida
gracias a los intensos
turquesas, rojos y amarillos mostaza

que animan las paredes
de todas las habitaciones.

Sigo con los ojos cerrados;
oigo los susurros de la autopista
mientras evoco cada momento del día anterior
en una silenciosa coreografía mental.

Entonces recibo un mensaje
desde el teléfono de Teresa; es Magda.
Necesito hablarte
En persona
¿Puedes venir a mi casa?
¿Hoy?
Sí
Cuando quieras

Demasiado aturdida para decir que no.
¡Va a ver en mi interior, va a ver que oculto algo!
Tal vez ya lo sabe
y por eso necesita hablar conmigo.

Siento la culpa sobre mis espaldas
como una mochila demasiado cargada de libros.

Mientras me preparo para ir a su casa,
Mima dice que el resto de la familia

también está invitada.
Pero Papi tiene una actuación
y a Juju le toca ayudarlo con el equipo.
De todos modos, no me imagino a Magda
contándoles algo demasiado personal a ellos.

MAGDA NO

Magda está en la puerta al lado de su papá,
su sonrisa de siempre eclipsada por un ceño casi fruncido.
Nos piden que nos quitemos los zapatos.

Me siento tan transparente como un mosquitero.

Magda y yo no vamos a su habitación
a pasar el rato como de costumbre.
Nos invitan a sentarnos sobre cojines en un pequeño círculo
del piso de la sala, con nuestras madres y Luis.
En el centro hay un cuenco de barro con hojas
de salvia blanca seca.

Teresa le prende fuego a un ramo de salvia, lo deja
arder y después lo apaga de un soplido.
Se lo acerca humeante a los brazos, las piernas, la cabeza y el pecho,
dejándose envolver por el humo de olor acre.
Luis, Mima y Magda hacen lo mismo.
Cuando me entregan el ramo,
me lloran los ojos y me tiembla la mano.

El humo lo revelará todo.
A pesar de eso, me dejo envolver por él
manteniendo el ramo de salvia cerca de mi pecho;
luego, con la mano,
me echo el humo hacia
el corazón, mi corazón, mi corazón.

Cuando Teresa habla por fin,
las palabras que dice
parecen extranjeras...
Nuestro hijo ha llegado a una nueva verdad.
Un yo real, un yo auténtico, la persona que siempre quiso ser.
Marco es su verdadero nombre.
Magda forma parte de su historia, los primeros capítulos de su niñez.
Nacido con la energía de un niño en un cuerpo de niña,
es la sabiduría de lo sagrado masculino contenida
en el cuerpo de lo divino femenino.
No podíamos hacer esta declaración
hasta que estuviera preparado para entenderlo por sí mismo.
En nuestra ancestral tradición mexica, Ometéotl,
nuestro espíritu Creador, no es ni
femenino ni masculino, sino ambos: dualidad divina.
Marco tiene la energía de Ometéotl,
una persona habitada por dos seres,
la hembra y el varón a la vez.
Aunque no sepamos con seguridad qué opinaban

nuestros antepasados sobre las personas de dos energías,
porque hay muchas cosas que no sabemos
y nos queda mucho por aprender,
como nuevos mexicas, consideramos honroso
ser un reflejo del Creador.

Miro a Magda y lucho contra la confusión,
¿un chico en el cuerpo de una chica?
Sabía que era distinta,
una marimacha sí, más libre que ninguna otra cosa,
pero Magda al fin y al cabo, Magdalena Teresa Sánchez.
¡No Marco Sánchez!
¡No Marco Magdalena Teresa Sánchez!

Mima me devuelve a la realidad con un golpecito
cuando Luis empieza a hablar.
Lo que sí sabemos es que
aquellos que bailaban entre
o hacia otras energías
que no fuesen las asignadas al nacer
se llamaban a veces xochihuah.
Xóchitl significa flor en náhuatl
y el xochihuah es
            el portador de flores.
Eran conocidos por acudir a rezar
al templo de Xochipilli, el príncipe dios de las flores
que protegía a la gente de cualquier género

y a los homosexuales.
Marco, mi hijo, lleva los brotes
de su verdad dentro de sí
como un xochihuah sagrado.

¿Un xochiqué?, me esfuerzo por pronunciar,
incapaz de esconder
mis pensamientos descontrolados.
Un xochihuah,
mi verdad,
asegura Magda.

Miro la luz que ilumina sus ojos
con un esperanzado
"tú me entiendes"
y de repente
lo entiendo,
de alguna manera,
y es fácil.
Me entretengo solo lo imprescindible
para encontrar y ofrecer
mi mirada de
"ánimo, tú puedes".

Veo que las manos le tiemblan un poco
cuando dice:
Ser Marco me sienta bien

aunque cuente con dos energías.
Mis padres dicen que no tengo que decidirme aún,
que descubrirlo forma parte de mi camino.
Pero en este momento me siento más chico que chica
y como puedo ser ambos
a partir de ahora seré Marco.

Entonces Teresa se vuelve hacia mí:
Necesitamos tu ayuda para hacer su transición
a xochihuah de forma que se sienta seguro y amado en la comunidad.
Y aunque no sabemos
cómo lo revelaremos,
habrá quienes nos juzguen.
Necesitamos el apoyo de todos
y el tuyo más que ninguno, Celi.

Siento el peso de las palabras de Teresa
caer con ligereza de pluma sobre mis hombros
envueltas en el amor que siento por mi mejor eco.

Asiento lentamente.

Magda sonríe. No. Marco sonríe.
Tiende su mano para estrechar la mía.
Las generosas palomas blancas de sus dientes
son la prueba de su fe en mí.
Me agradece que lo respalde.

AMIFRIEND DEL ALMA

Marco y yo razonamos
que, en español, la palabra *friend* tiene dos géneros:
amigo, masculino,
y amiga, femenino,
como muchas otras palabras en español;
en inglés, *friend* no tiene género.
Pero en spanglish, nuestra feliz lengua mestiza,
amifriend tiene ambos:
el cálido sonido de *amor* en *am,*
y en *friend*, la palabra más dulce de todo el idioma.

NO HAY MAL QUE POR BIEN NO VENGA

Marco se siente optimista,
Espero que todos reaccionen como tú, Celi.

Pero siempre habrá Ivanes
que se burlarán y lo despreciarán y le harán daño,
y nunca llegarán a comprenderlo,
sin saber de Ometéotl y los xochihuah, ciegos al honor.

No hay mal que por bien no venga.
En eso Marco tiene razón, no hay nada malo
que no traiga algo bueno.
Si no hubiera sido por Iván y sus amigos,
Marco cree que nunca se habría esforzado por cambiar nada.
¡Celi, fue justo en aquel momento cuando lo entendí!
Supe que no podía seguir fingiendo.
Pero también lo habrías entendido sin ellos, ¿no?
Quizá. Bueno, al menos no tenemos que tratar con Iván nunca más.

El apretón de manos con palmada, chasquido
y dedos voladores sella nuestro mutuo acuerdo.
Por dentro, me doblo de dolor.

LUNA LLENA

"Nzambi manda que yo emboa con luna llena".

—Oración tradicional afrocubana de origen congoleño

ECO EN MOVIMIENTO

Marco les pide a la Srta. Susana
y a la mayoría de sus maestros, incluyendo a Papi,
que lo llamen Mar en lugar de Magda.
Dice que, en español, "mar" significa "sea" en inglés.
Aún no está preparado para decir su nombre completo
a cada uno de los niños de la clase de bomba,
de la clase de percusión mundial y de la escuela.
Pese a eso, la mayoría de nosotros percibe
que siente una felicidad especial.
Sus padres dijeron que lo revelarían con delicadeza,
tal vez en una reunión de la comunidad o por carta,
lo que a él le resulte más cómodo.

Cuando hacemos eco, no importa
cuál sea nuestro género
ni lo que guarden nuestros relicarios:
somos cuerpo en movimiento,
tambor en movimiento,
canción en movimiento,
creatividad en movimiento.

Diez minutos antes de terminar la clase
entra Iván, patineta en mano.
Mi corazón se encoge y tiembla, fuera de sí.
Él nos vigila como un cachorro suplicante.
Creo que quiere participar
y me da lástima.

MÁS QUE EL OTRO

Cuando termina la clase, Marco
ayuda a guardar los tambores.
Después de meter la falda en mi bolsa,
percibo que Iván está detrás de mí.
¿Recibiste mis mensajes? Suena ansioso.
Te he mandado como cien mensajes.
¿Estás enojada conmigo o algo así?
Le indico que me siga mientras me dirijo
hacia el café para alejarme de Marco.
Él continúa,
¿O tu mamá te quitó la tableta otra vez?
Quiero decirle que fue un error
haber ido al cine con él,
que realmente no puedo ser amiga de alguien
que malinterpretó e hirió a mi mejor amiga... amigo,
por mucho vértigo que sienta mi corazón.
Pero no lo hago.
Es como si la verdad me encogiera la boca.

Lo siento, sí, mi mamá tiene mi tableta.
¡Fiú! Estaba súper preocupado.
¿Sabes qué?, Pedro me contó que tuvo una pesadilla
después de la película. ¿Puedes creerlo? ¡Una pesadilla!
Iván agita los brazos e imita a un Pedro gritando.
Me río al imaginar a Pedro espantado por dinosaurios,
porque aunque es flaco como un alfiler,
debe de medir como seis pies;
pero mi risa también se desboca debido a que
mi panza es una bola de nervios.
Me doblo por la cintura
y contengo el aliento
en ese segundo de quietud
antes de la
explosión
de carcajadas.

Celi, ¿qué pasó?
¿De qué te ríes con este cretino?
Todo se desbarata, mi risa acaba por apagarse,
pero la gozosa calidez naranja
que siento por Iván no abandona mi pecho.
Iván se voltea hacia Marco y agita los brazos
también en su dirección.
Vamos, Mar, míralo, es inofensivo.
Espero que Marco entienda su humor.
Oye, ¿por qué llevas esos pelos de marimacha, Magda?

Iván lanza la pregunta
con la esperanza de recibir otra carcajada.
¡Soy Mar, no Magda, imbécil!
Y no puedo ser una marimacha porque soy un...
Hace una pausa, como si no quisiera malgastar saliva.
¿Por qué eres tan estúpido?, concluye.

Ahora es Mar, Iván, me las arreglo para decir.

Iván se parte de risa.
¡Pues eres la Mar más rara que he visto!, exclama.
Marco se vuelve hacia mí, con una mirada desgarradora.
¿Llamas a esto inofensivo, Celi?
¿Cómo puedes defender a un tarado así?
Antes de recordar mi promesa
de prestarle ayuda, replico, insolente,

Ay, vamos, Marco, dale un respiro,
no todo el mundo va a entender
tus cambios de un día para otro.
No todos tienen madres en un círculo
de mujeres, como nosotros.

Marco retrocede, incrédulo.
Una sombra de dolor le cruza la cara
cuando estalla,
¡Celi! ¡Ahora lo sabe todo
gracias a tu bocota!
Sé que no me reconoce.
Ni yo me reconozco.
Marco es mi *amifriend*

pero en este momento
es Iván quien me importa más.

Quiero que vuelva
a invitarme al cine
para que me tome la mano de nuevo,
que me enseñe
trucos de patineta sofisticados,
que me lleve
al parque de patinaje
con él.

MAR TRAICIONADO

Mi relicario descansa abierto
a la orilla de un mar
de dudas,
la arena compacta afianza mis pies,
como Marco, mi mejor *amifriend* para siempre,
pero las olas de Iván
rompen contra mí,
su espuma envuelve mis piernas y
envía un cosquilleo a través de mi cuerpo
que me inunda el corazón
con un sentimiento de
¿primer amor?
La marea de Iván me arrastra,
quiere
que nade
en la emoción
de sus aguas,
aunque haya sido mezquino
una o dos veces,
aunque pudiese ahogarme.

Pese a oír la voz de Marco gritando mi nombre,
las olas pueden más que la arena.

Tal vez, con el tiempo,
aprenderá a ser amable con Marco,
razono.
Eso espero.

LOS ÚLTIMOS DÍAS DE ESCUELA

La próxima vez que veo a Marco
en la escuela, él mira para otro lado
y esconde los dientes brillantes que contagian alegría.
Pasa junto a mí en el pasillo como si no me viera,
y la próxima vez,
y la próxima.
No lo culpo.

Ahuyento el vacío
fingiendo que escribo
en mi cuaderno, pero solo juego
MASH un millón de veces.
Lo relleno poniendo:
    Iván
    Iván
    Iván
    Iván
en las cuatro casillas de posibles maridos.
De esta manera, me casaré con él aunque

maneje un carro destartalado,
tenga diez hijos
y viva en una choza.

Evito los ojos de escarabajo desconfiado de Aurora
durante unos días más; ya falta poco para las vacaciones.
            En cambio, me pregunto
qué almorzará Iván y
con quién hablará en este momento.
¿Habrá un mensaje suyo
            esperándome
cuando llegue a casa?

CLASE DE PERCUSIÓN MUNDIAL

Me siento al lado de Marco durante la clase
para que Papi no sospeche
que no me habla.
No intento buscar su mirada.
Para alejarse de mí,
Marco se mueve hacia
el lado opuesto del asiento, poquito a poco.
Supongo que tampoco quiere
que mi papá lo sepa,
aunque no estoy segura.

Papi siempre salpica sus lecciones
con sabiduría tamborilera que nadie le pide,
La tradición africana del tambor
ayuda a curar enfermedades mentales
y problemas de cualquier tipo;
los ritmos en capas aportan
quietud mental al comunicar los hemisferios cerebrales
y preparan al cuerpo para salir de su rutina

de cualquier sitio donde esté atascado.
Tal vez lo que ayudó a Marco a encontrar su camino
fue el tambor, e Iván no tuvo nada que ver.

Marco se queda después de clase para hablar con Papi,
aunque su papá lo espera en el carro.
Me aparto hacia el rincón más alejado y los miro.
No los oigo, pero me pregunto
si Marco me estará delatando
o si Papi le estará enseñando
a cantar desde dentro,
a sintonizar
su tambor interior.

SOCIOS

Cuando Marco se va, ayudo a Papi y a Juju
a guardar los tambores restantes.
Entrecierro los ojos por temor a un regaño,
pero en cambio Papi dice,
Marco lleva la música dentro de sí.
Esa chica, quiero decir, ESE CHICO lleva la música muy adentro,
como Juju y como tú, Celi.
Abro los ojos de golpe y me señalo el pecho... ¿Yo?
Excepto que tu cuerpo es tu instrumento.
Es por eso que ustedes dos son tan buenos socios.
Casi sonrío y niego con la cabeza
con la esperanza de espantar la culpa
como si fuera una mosca molesta, pero no sucede.
No se puede bailar sin música.
Papi sigue hablando...
pero ya no escucho.
Al traicionar a Marco me siento
como si un insecto enorme se hubiera posado en mi cabeza
y su veneno lleno de vergüenza resbalara
por mi cara como yema de huevo crudo.

SOLSTICIO EN EL LAGO DE LAS LANGOSTAS

El solsticio de verano barrió
los últimos días
de escuela como una escoba veloz.

A Marco no se le ve por ninguna parte.

Mis padres me obligan a venir
a una celebración comunitaria del solsticio
en el lago Merritt, donde
grandes capas de hierba suave se extienden
desde el agua verde grisácea.
Todos los colores de Oakland
son un arcoíris
salpicado y
extendido por el parque.
Unos salseros bailan una rueda en la plataforma de
cemento, junto a los arcos;

un grupo improvisa hip hop al lado de las barbacoas
y hay una roda de capoeira cerca del parque infantil.

Otros hacen pícnic o
corren,
caminan,
patinan,
cabalgan
por los senderos
mientras la autopista 580 ruge
sobre nuestras cabezas como una plaga de langostas.

Luego está mi familia,
que prepara nuestro batey
en la soleada pradera
llena de caca de ganso.

TRÁGAME, TIERRA

Ahora que estoy aquí, siento
que el cálido sol
apacigua mi mal humor.
Pero entonces veo
que los Camacho, la familia de Aurora,
empiezan a instalarse en la hierba.
Ojalá fuera la familia de Marco
la que llegara.

Mima, ¿puedes enviarle un mensaje a Teresa?
Pregúntale si van a venir.
Bueno, mija, déjame ver.
Trastea con su teléfono.

Luego la ayudo a extender
nuestra manta mexicana de rayas blancas y grises
y a sacar la comida:
ensalada de nopal y tostadas,
frijoles negros y arroz,
y el pollo al ajillo de Papi.

Reviso el teléfono de Mima en busca de una respuesta.
Nada.

Papi afina los tambores
y Juju está en el parque infantil
desde que llegamos.

Sigo los ojos de Mima
para buscarlo
¡y entonces lo veo!

Iván, cerca de los juegos,
de pie frente a una mujer
con largas trenzas negras,
sujetas en una cola de caballo,
que lee un libro
no muy lejos de la roda de capoeira.

¿No es ese tu amigo Iván?, pregunta Mima.
Hum, sí.
Esa podría ser su mamá. Voy
a saludarlos. Mima se levanta.
¿Vienes, Celi?
¡No!
Menos mal que estoy sentada
porque me dejo caer hacia atrás en la manta

y me tapo los ojos con las manos.
De acuerdo, como quieras.

Al espiar entre los dedos, veo a
Iván saludar a Mima con su sonrisa torcida
y presentarle a la mujer, que realmente
tiene toda la pinta de ser su mamá.
¡Mima se sienta en su manta
y me señala!

Iván comienza a acercarse.

Desearía que Mamá Tierra me tragase entera
pero lo único que puedo hacer es taparme con más fuerza
   los ojos
y fingir que estoy dormida
y rezar por que Mamá Tierra esté hambrienta.

EN LA MANTA

¿Demasiada luz para ti, Celi?, grazna Iván.

Se sienta de golpe a mi lado.
Me despego de la manta
y me obligo a decir "hola".

La brisa hace ondear los rizos de Iván
hacia atrás, y el sol del solsticio reflejado en el lago
lo rodea formando un aura de lava a su alrededor.

Su voz se rompe de nuevo.
¿Cuándo va a tocar tu papá?
No sé, todos van a participar.
Me está empezando a gustar la bomba, mucho.
Me he dado cuenta.
¿En serio? Me has visto espiar tu clase, ¿eh?
Me encojo de hombros y contesto,
No hace falta ser puertorriqueño para tocar bomba,
¿sabes?
¿Ah no?
Marco es mexicano y toca, quiero decir,

pero en vez de eso digo,

        Pues no. Tú no eres brasileño
        y haces capoeira, ¿verdad?
        Es una sensación, y sabes
        si ella te posee y tú la posees.

Antes de que nos demos cuenta
nuestras mamás ríen
y comen juntas,
y los tambores de bomba
y los cantos
se disparan.

El maestro de capoeira, Mestre Tamborim,
le silba a Iván porque ha llegado su turno de entrar en la roda.

Exhalo   por primera vez
desde que se sentó conmigo,
pero contengo la respiración
        de nuevo
cuando dice,
Ahorita vuelvo.

ENFERMO

Rebusco en el bolso de Mima
para sacar su teléfono.

¡Ahora espero que Marco *no* venga!

Teresa ha respondido:
Lo siento, amiga, Marco
no se encuentra bien.
Hablamos en un par
de semanas, cuando tú y los
niños regresen de Los Ángeles, ¿sí?

Un tornado de alivio y preocupación se desata dentro de mí.
Pasarán otras dos semanas sin Marco
¡y con un viaje sorpresa a Los Ángeles nada menos!
¿Y Marco no se encuentra bien?
Tengo que decirle a Mima que
tal vez uno de sus cocimientos de yerbas
lo mejore.
Pero ¿y si se siente mal por mi culpa?
Quizá es que
yo lo enfermo.

DENTRO DE LOS CÍRCULOS

Veo a Aurora ir
hacia la roda de capoeira
para mirar a Iván, o más bien
para ver cómo da palmadas
al ritmo de la música
mientras espera su turno
para el baile-lucha
de la roda.

Me alejo pensando
que Iván no se sentó *a su lado* y ella lo sabe.

Miro a Papi que toca el tambor principal, el primo.
Apunta con sus labios al centro de nuestro batey.
Aunque dudo en agarrarme la falda
porque no hay nadie como mi eco,
recuerdo lo que Papi nos dijo sobre
nuestros antepasados negros
puertorriqueños que inventaron la bomba.

Bailaban y tocaban el tambor
después de un largo día de trabajo
como esclavos en las plantaciones,
para mitigar sus dolores.
Así es como mantenían vivo su espíritu.
Si ellos se levantaban la falda cuando
estaban agotados y heridos,
yo no puedo negarme a bailar.

Entonces pienso en todos los círculos
que veo y que conozco:
    el batey puertorriqueño,
    la rueda de salsa,
    la roda de capoeira,
    el círculo mexica,
    el tambor,
    este lago,
    el sol,
la luna.

Tengo que levantarme y entrar en el círculo de bomba
para dedicarles un baile del solsticio a todos los nuestros.

RITMO

Iván regresa
a tiempo para verme
atacar mi último piquete
y escuchar la última respuesta del tambor de Papi.

Cuando salgo del batey,
¡lo veo sentado con Mima
Y Aurora en nuestra manta!
        Los nervios se me ponen de punta.
Es demasiado tarde para dar la vuelta porque
mis pies ya avanzan en su dirección.
Mis uñas van directamente a mis dientes masticadores
y, cuando llego a la manta, Mima me regaña,
Celi, las manos.
¡Estuviste súper genial, Celi!, me dice Iván, sonriendo de oreja a oreja.
Mima resplandece, *Podría estar mirándola toda la vida.*
Antes de que pueda darles las gracias,
Aurora suelta,
No llevabas el compás, ¿sabes?
        Lo estaba suspendiendo, genio.
        Lo sabrías si supieras

algo sobre el ritmo.
Iván se ríe por la nariz
de la manera más graciosa.
Celi, sé amable, ordena Mima, muy seria.
Aurora mueve los hombros, arrogante,
Sé todo lo que hay que saber sobre el ritmo
porque soy puertorriqueña del todo,
no como otras.
Se aclara la garganta
y pone los ojos en blanco.

Si Mima no estuviera aquí,
derribaría a Aurora empujándola al suelo
y la incrustaría en
las rayas de la manta.

Mima tiende la mano y, con suavidad,
me aparta la mía de la boca, sabe
que tal vez estoy pensando
en algo retorcido.

¿Qué vas a hacer la semana que viene, Celi?,
pregunta Iván de repente.
¿Quieres venir al parque de patinaje?
Aurora salta,
Suena divertido, ¿a cuál vamos?
La miro iracunda.

Iván arruga la cara
como diciendo "estás media loca".
¡Le preguntaba a Celi!
No puedo evitar
una sonrisa de satisfacción
al ver los hombros de Aurora
encogerse
y notar que se reduce.

Cuando respondo,
 Me encantaría,
no les digo a ninguno de los dos que
la próxima semana quizá esté en Los Ángeles
y que no podré ir al parque de patinaje
con Iván.

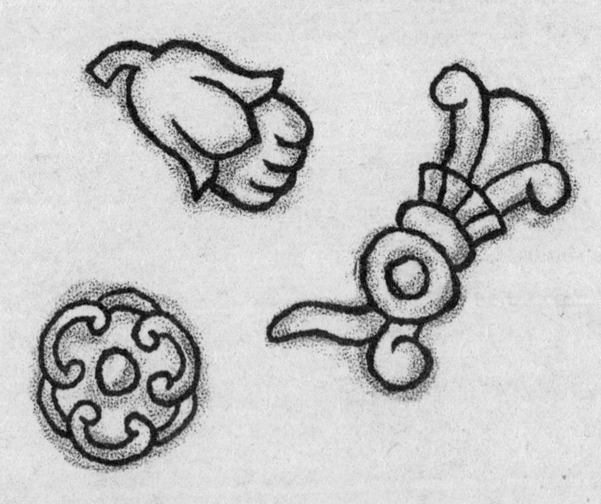

DE OAKLAND A LOS ÁNGELES

Yeya, mis seis tías
y mis primos de Los Ángeles
son una alfombra tejida
de risas y peleas
que siempre nos da la bienvenida
con la calidez mexicana del calor
del desierto de Los Ángeles.

Aunque Papi no vino
esta vez
a causa de una actuación
y mi relicario está más
adolorido que nunca sin Marco,
en Los Ángeles me siento como en casa.

Los Ángeles es:

Yeya y sus cazuelas
llenas de frijoles y amor.

Tías que llevan
ropa demasiado apretada y
uñas bien cuidadas
para trabajar en consultorios dentales
y en programación computacional
y en agencias inmobiliarias
y en quedarse en casa con sus hijos...

Primos demasiado jóvenes para salir
conmigo, pero que forman la media docena
perfecta para
abalanzarse sobre Juju
en las peleas de globos de agua.

XOCHIHUAH EN CEMENTO

Me escapo al patio de ladrillos de Yeya,
a la hamaca bajo el aguacate.
Aunque es de día, veo un pedacito borroso de Luna
espiando entre las grandes hojas.

Saco la tableta con disimulo y envío un mensaje a Marco
pero no responde.
Parece tan lejano como Luna.
Ignoro el mensaje de Iván acerca del parque de patinaje.
No me importa que la marea de Iván esté bajando.

Mientras me balanceo
de acá para allá
y de allá para acá
noto que las plantas de Yeya,
la sábila
la yerba santa
las hortensias
las rosas

el jacalosúchil
han encontrado la manera de crecer
pese al cemento frío
que las rodea.

Como Marco,
un xochihuah
que tiene que lidiar
con mi espantoso
cemento personal.

LIMPIA EN LA HAMACA

Como si me leyera el pensamiento,
Yeya me pregunta cómo está Marco
cuando me encuentra en la
hamaca.

Me la juego,
    No sé, Yeya, hace semanas que no lo veo.
Las suaves y redondas manos de Yeya
me acarician el pelo mientras derrama
sobre mí dulces palabras en español
que nunca suenan duras, como las de Mima.

Tienes que ser fuerte por él, Celi.
No va a ser fácil para él.

Me limito a asentir con mi cabeza traidora,
demasiado avergonzada para hablar.

Mi comadre, Chuyina, vivió una experiencia similar aunque diferente.
Su familia de México nunca entendió
que dejara de ser un hombre
para ser ella misma, una mujer.
Su padre la echó de casa,
así que se vino pa'l Norte
porque pensó que aquí nadie la juzgaría,
pero a veces aún lo hacen.

Qué triste, Yeya. Nadie diría
que lo pasó tan mal;
siempre está sonriendo.

Sí, bueno, cuando Chuyina siente que no puede más
acude a mí para una limpia.

Todo lo que hago es tomar
palo santo, prenderlo
y abanicar el humo sobre su cuerpo
para que se lleve volando sus preocupaciones.
Eso le da alivio
siempre que está dolida.
Ten. Quiero que te lleves
un poco para dárselo a Marco.

Me pone dos gruesos
palitos de olor dulce
en la mano, cierra

mis dedos a su alrededor
y sopla en mi puño.
Me mira con orgullo.
Después se aleja,
sus dos largas trenzas grises
balanceándose en su espalda
como esta hamaca.

Si Yeya supiera lo que
está lastimando a Marco
ahora mismo,
me haría
una limpia
a *mí*.

EL TAMBOR SILENTE

Cada día que pasa
mi relicario siente más y más peso.
Sigue sin tener eco.

Finalmente, de vuelta en la clase de bomba,
espero escuchar el tambor de Marco,
pero él se niega a tocar cuando aparezco.
Cada vez que bailo, tiene que ir con urgencia al baño
y deja que los otros percusionistas lo reemplacen,
y cuando la Srta. Susana lo obliga a tocar
y yo bailo, cambia el primo
por palos o maracas.

Ya no quiero bailar.
Ya no quiere tocar.

Un tambor silente emite la misma queja
que mi corazón cuando está herido.
Mi relicario es inútil.

Ese silencio me aplasta de dentro hacia afuera.

Mi relicario se rebela, ¡quiero que vuelva mi eco!

Y no sé si quiero

ver   más

a Iván.

AMIGA LUNA

Me gusta mirar la luna
cada noche
si la encuentro.

Un gran círculo rutilante en el cielo,
bella,
sola,
a veces una rodaja fina,
a veces grande y fuerte
y llena de marcas de viruela,
imperfecta como yo.

Imagino que trepo por las estrellas
para llegar allí y sentarme y preguntar,
Luna, ¿qué hago?
¿Cómo voy a hacer
eco sin Marco?
Ella solo responde con
su propia soledad y luego
se desvanece.

Si es tan poderosa
como para controlar las mareas,
¿por qué no puede
hacerme entrar en razón
y conseguir que me disculpe?

Me temo que he ido demasiado lejos.
Lo he lastimado demasiado.

Luna sigue allí a pesar del
modo en que he tratado a Marco.

Es una verdadera amiga,
no como yo;
siempre está ahí,
incluso cuando
se esconde
y yo me escondo también.

VERANO

Los días veraniegos de Oakland descienden sobre nosotros
como láminas de oro tan cálidas
que no necesitamos mantas por la noche.
El único frío que siento se debe al enfriamiento de Marco.
Aun así, no me ha delatado.
Mima, Papi, Juju, Teresa y Luis no dicen nada.

La única que se ha dado cuenta es la Srta. Susana,
que ha renunciado al intento de emparejar
a sus dos mejores alumnos.
Cree que el arte no se puede forzar,
así que me pide que cante.

Aurora se da cuenta de todo y se ríe con disimulo
cuando Marco me ignora,
orgullosa por tomar parte en el silencio
y feliz por haberse convertido
en primera bailarina.

Ojalá su boca se arrugara
como un chicharrón o pudiera

golpearla en el pecho tan fuerte
para que su corazón de piedra latiera de nuevo.
Me contengo porque
eso no me devolvería a Marco.

La Srta. Susana anuncia que
el viernes tendremos un ensayo
general de tres horas
para la actuación de verano de La Peña.
Levanta la voz
sobre nuestra cháchara,
Todos deben vestir pantalones blancos y camiseta blanca.
Chicas, por favor, pónganse las faldas de bomba sobre los pantalones.

Tendré que llevar mi falda turquesa
aunque no baile.

SOMBRA LUNAR

En el ensayo general,
mientras la Srta. Susana está atascada
en la oficina, ocupándose del programa de la función,
todos los niños juegan a los encantados, pero en silencio
para que la profesora no nos grite
por ruidosos
cuando vuelva.

Marco no juega.
Se sienta junto al tambor y espera
a que la Srta. Susana regrese.
Pero yo sí.

Somos sombras blancas y veloces
persiguiendo y escapando, encantando y desencantando;
pies que patinan en el resbaladizo suelo de madera.

No me concentro y tengo ganas de hacer pipí,
    pero me aguanto.
Quiero pasar esta ronda.
    Echo a correr entre resoplidos.

De pronto, siento que Marco
me jala hacia un lado
y luego me arrastra entre bastidores.
Todavía jadeo de tanto correr
y el aliento se me escapa entre las palabras.
¿Ahora, Marco?
¿Quieres hablar ahora?

Celi, tus pantalones... están manchados de sangre.

Señala,
la lástima y la preocupación
nublándole la cara.
Miro hacia abajo, boquiabierta.

¿Qué?

El interior de
las patas de mi pantalón
y la entrepierna
están empapadas de
rojo
brillante.

HA VENIDO LA LUNA

Estoy sangrando, pero no me duele.
Si este es mi poder, ¿por qué tanto desastre?
¿Ya soy una mujer?
Quiero jugar a los encantados.
Quiero pantalones limpios.
No estoy preparada.
Estallo como
una fruta hinchada
y rompo a llorar.

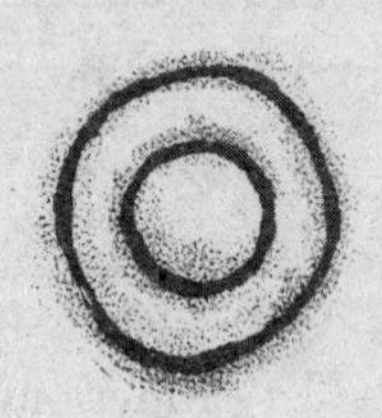

MANCHA

Marco no pierde el tiempo.
Toma, ve al baño.
Tengo unas monedas... Te conseguiré una almohadilla.
Marco, ¿puedes traerme también la mochila, por favor?
Puedo ponerme la ropa de calle.
Dame tus pantalones, los enjuagaré en el lavamanos.
Me preocupa que la Srta. Susana se enoje
conmigo por no volver a ponerme los pantalones blancos.
Por favor, no le digas a la Srta. Susana que me vino
y que me pasó este desastre.
No te preocupes, no se lo diré a nadie.

Celi, nuestras mamás nos advirtieron que esto iba a pasar.
Lo sé, pero ¿por qué ahora? Me da mucha vergüenza.
No me hables de vergüenza.
Imagínate cómo será para mí comprar almohadillas sanitarias.
Además, me parece que solo yo me di cuenta.
Gracias, Marco, lloro.
Quiero disculparme, pero las lágrimas
ahogan mi voz y casi no se me entiende lo que le digo,
Lo siento mucho, Marco.

No llores, Celi. Todo saldrá bien.
Sus palabras me arropan, son el perdón que tanto deseo,
aunque soy consciente
de que no hice nada por merecérmelo.

Pero pronto
tendré que decirle la verdad,
contárselo todo: la película, los mensajes de texto, el parque.
¿Cómo es posible que le haya dado la espalda?

UN CIERRE ABIERTO DE PAR EN PAR

Es imposible disimular
cuando Mima ve que no llevo
los pantalones blancos,
como el resto de los chicos de la clase.

No puedo esconder el gran fajo
de toallas de papel que envuelve
mis pantalones manchados
y que llevo en las manos.
Necesito lavarlos
para mañana.

Sobre todo, Mima nota las corrientes
de incredulidad, miedo y extrañeza
que fluyen por el río de mi
cara sonrojada,
mi cara insegura,
mi cara derrotada.
Me abraza fuerte y me besa.

Su ternura y su amor hacen
que el cierre de mi relicario se abra de par en par
y dejo de llorar.

Ahora la luna también es tuya, mija.

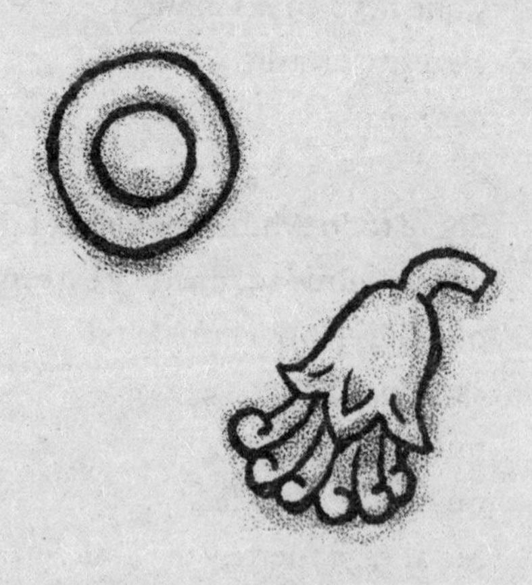

YERBAS DE COLIBRÍ

Cuando llegamos a casa, Mima me prepara un baño caliente.
Antes recoge yerbas frescas de su jardín de verano,
manzanilla, ruda, flores de romero, albahaca...
y de la despensa de yerbas medicinales saca
caléndula seca, tila, flores de lavanda y árnica;
las mete todas en una bolsa de tela fina
que parece una bolsita de té gigante
y las pone a remojar en el agua de mi baño.

La oigo tararear suavemente mientras me deslizo en el agua.
Estas yerbas darán paso a la calma, casi canta.
Así lo festeja mientras mi mundo se desmorona.
Esta sangre. Mis mentiras.

Dos colibríes bailaron a mi alrededor
ahora mismo mientras recogía estas yerbas para ti.
Significa que los espíritus de los colibríes las bendijeron,
a ellas y al comienzo de tu viaje,

que pronto anunciaremos en tu ceremonia de la luna.
¡Me había olvidado de la ceremonia!

¡Para, Mima!, grito, desesperada.
¿Por qué tienen que enterarse todos?
¡Celi! ¡No me levantes la voz!
Respira hondo. Deja que las yerbas te calmen.
La ira se acumula en mi interior,
¡No, Mima! ¿Es que no me conoces?
¿No sabes que preferiría meterme en una cueva
antes que participar en una estúpida ceremonia lunar?
Celi, tu luna no será como la mía.
No empezarás a ser mujer llena de dudas
y vergüenza,
sino rodeada por la fuerza
de las mujeres de tu comunidad.
Es nuestra forma de hacer las cosas.
No, no lo es. ¡Esa forma la inventaste tú!
Es nuestra forma de reivindicar
el derecho a no ser ignoradas.
¡No!
¡Y SUCEDERÁ te guste o no!

Mima me deja llorando
sentada en una infusión
de rabia y yerbas de colibríes.

CRISÁLIDA

Mi mamá vuelve al baño
con una taza de té,
ropa interior limpia y un surtido
de tampones y toallas de algodón orgánico.
He llorado tanto que mis pulmones
luchan descontrolados por tomar aire
emitiendo interminables hipidos.
Salgo de la bañera
y Mima me envuelve en una toalla grande, como a una momia,
como hacía después de bañarme cuando era pequeña,
y me abraza.

Celi, mi vida.
Su voz vuelve a ser dulce.
No sabemos si una mariposa siente dolor
al salir de su crisálida.
Solo vemos que lucha; sin embargo,
sabemos que su esfuerzo
tendrá una gran recompensa.
Al final, será una criatura alada
mucho más mágica que al comenzar la jornada.

Recuesto ansiosa la cabeza en su hombro
y pienso en las mariposas.
Me las arreglo para balbucir un gemido,
        Perdón, Mima.
Mi disculpa es sofocada por el cabello húmedo que me cubre la boca.
Estás perdonada, mija, siento que no estemos de acuerdo,
pero la luna ha llegado a tu cuerpo
y eso tenemos que celebrarlo,
dice mientras me aparta el cabello.
¿Qué tal si empezamos con los preparativos
y luego vemos cómo te sientes?
Acerco la frente a sus labios
con el más diminuto de los asentimientos.

Entonces, de pronto, recuerdo a Marco
y mis sucios secretos salen disparados...
        Me he portado mal con Marco.
        A sus espaldas,
        acepté ir al cine con Iván
        después de que él se burlara de Marco
        por ser un xochihuah.

Sorprendida quizá por el cambio de tema,
que pasa de mí a Marco,
o por lo bajo que he caído,
Mima niega con la cabeza y dice,
En eso no puedo ayudarte, mija.

EL TAMBOR PARLANTE

Mientras me pongo el piyama,
Juju entra en nuestra habitación
y comienza a soltar datos y más datos.
Oye, ¿a que no sabes que un cuadrado
no puede doblarse por la mitad más de siete veces?
Lo he comprobado con origami; es imposible.
Sigue siendo un niño y lo envidio por lo que no sabe.

Puedo oír
el sonido de gotas de lluvia
de las congas de Papi
procedente de su estudio.

Llamando...

El cotorreo de Juju se detiene.
Paso por su lado,
salgo de la habitación
y voy al garaje.

Papi está tocando
un guaguancó.
No digo ni una palabra.
Dejo que mi cuerpo empiece a
responder a los sonidos.
Papi me da la bienvenida asintiendo con la cabeza
y continúa desgranando
sonidos más brillantes,
sonidos redondos,
sonidos de colores,
una conversación intemporal
a diferencia de la de Mima o la de Juju.

Me limito a bailar.

De repente, cambia de ritmo,
una samba,
y me concentro en el movimiento de los pies,
una conga,
y mi ánimo sube por las nubes contoneándose,
una bomba,
y doy vueltas y marco el
ritmo con los brazos
que Papi atrapa
sin esfuerzo, en sincronía.

No me doy cuenta de que

Mima y Juju
están de pie
en la puerta, presenciando
con Papi
lo más cerca
que he estado nunca
de la pureza,
la ligereza
y la libertad.

Hasta que me detengo
porque me falta el aliento
para seguir
bailando.

EXPECTACIÓN

Marco me llamó más tarde
por videoconferencia.
La primera vez en mucho tiempo.
Estaba preocupado por mí.
Por suerte, tenía la tableta otra vez.

Marco, lo siento, repito, haciendo pausas.
Fui al cine con Iván
y sus amigos a pesar del modo en que te habló.
Lo sé. Juju me lo dijo.
¿Lo sabías?
Sí, y también sé
lo del solsticio en el parque. Me lo contó Aurora.
No voy a mentir. Eso me dolió, Celi.
Por eso estuve enojado contigo tanto tiempo.
Me he portado muy mal. Lo siento mucho.
Me acerco a la pantalla.
Intentamos simular nuestro apretón de manos.
Gracias por no odiarme.
Eres mucho mejor amigo que yo.

¿Sabes qué? Mi mamá no hablaba por hablar.
Decía muy en serio lo de organizarme
una ceremonia de la luna, así que me rindo.

¡Vaya!

Y dice que puedo invitar a algunos amigos
para que vean en qué consiste la ceremonia,
pero solo quiero que vengas tú.
¿Vendrás?

No sé. ¿No es solo para mujeres?

Mima dijo que tú podías venir porque eres
un xochihuah con energías masculinas y femeninas,
y que así es más sagrado y eso.

Supongo que tiene razón. ¿Sabes lo que me dijo mi papá?
Dijo que algunos sacerdotes mexicas
también eran xochihuah
y fueron venerados por ello.
Increíble, ¿no?

¿Ves? Es perfecto.

Y también dijo que, si yo quería,
podían hacerme una ceremonia de Temazcal.

¿Algo así como meterse en una cabaña para sudar y rezar
toda la noche?

Sí, pero para un xochihuah, aunque aún no sabemos muy bien
cómo será.

Suena genial.

Marco pregunta tímidamente,
¿Qué se siente al sangrar?
Trato de describir la humedad,
la sensación de que estás orinando,
pero no la forma en que la almohadilla sanitaria se queda allí
absorbiendo la sangre, eso es lo más raro.

Me da terror
pensar en cómo me sentiré cuando me toque a mí.
No es tan malo como parece. No me malinterpretes.
No por lo que dijiste, sino porque
para mí será como dar marcha atrás
respecto a lo que he ganado.
Podría convertirme
en la chica que solía ser.
¿Y si borra de una vez al chico que soy?
Solo quiero seguir siendo yo,
es decir, el Marco y la Magda que soy.

Claro.

Asiento con la cabeza, pero respecto
a mí misma siento justo lo contrario.
No lo digo en voz alta.
No pienso herir más sus sentimientos.
Pero yo *quiero* volver a ser la niña
que solía ser.

LA ACTUACIÓN

Al día siguiente, para nuestra actuación de verano,
me pongo una almohadilla sanitaria de máxima absorción.

¡Mima me deja
a una cuadra de La Peña!
Siento el bulto del algodón
al entrar en el centro
sola.

Veo a Iván llegar temprano
aunque nunca lo invité.

Me le acerco sin pensar
y lo abofeteo con palabras.

> Por si no te has enterado,
> Marco es mi amigo.
> MI MEJOR AMIGO desde que éramos bebitas
> y nadie se va a burlar de él.
> ¡No me importa lo listo o lo gracioso que te creas!

Hola, Celi, yo también me alegro de verte.

Su sarcasmo me desarma por un segundo
y la sensación de enamoramiento ataca de nuevo,
pero me deshago de ella a toda prisa
porque Iván me desespera, así que sigo,

> Marco es un xochihuah y
> un reflejo del Creador, Ometéotl.
> Ese calendario azteca de tu patineta,
> ¿sabes qué?
> El espíritu creador número uno de los mexicas es
> Ometéotl,
> que es tanto hombre como mujer,
> igual que Marco.
> Y si eres demasiado estúpido para ver que
> hay que honrarlo y respetarlo justo por eso,
> ¡no tienes derecho a llevar ese calendario
> en la patineta ni tienes derecho
> a dirigirme la palabra!

Me alejo de Iván
con los labios contraídos,
la respiración agitada,
las manos cerradas
en puños
deseosos de golpear.

CUARTO MENGUANTE

"Luna, he venido con tu canción".

—Canción de baile del ritual apache de la pubertad

PREPARATIVOS

El día antes de la luna llena,
Mima y yo construimos un altar en el suelo,
en el centro del jardín.
Para honrar
los puntos cardinales mexicas,
colocamos estos objetos...

En el Este, reino de Tlahuizlampa,
el elemento fuego,
donde residen la pasión, la iluminación y la energía,
ponemos velas.

En el Oeste, Cihuatlampa,
el cuerpo de la Madre Tierra,
donde estamos enraizados,
ofrecemos hojas y musgo.

En el Sur, para Huitzlampa,
el elemento agua, sede de nuestra pureza,
nuestras emociones profundas y nuestros sueños,
ponemos un cuenco de agua.

Y en el Norte, Mictlampa,
donde veneramos el aire,
nuestros espíritus y la verdad de la palabra hablada,
colocamos una campana, una pluma y una rama de salvia.

El pedestal central
lo reservamos para estatuas de diosas y espíritus
de mi lado mexicano y mi lado caribeño.
Mima dice que las disponga como quiera.
Las esparzo como los pétalos de una flor de cempaxóchitl
mirando hacia todos lados.

Tonantzin / Guadalupe: Madre Tierra mexica y
Virgen María mexicana
Coatlicue: madre mexica del ciclo de vida y muerte
Yemayá: espíritu yoruba del océano
Oyá: espíritu yoruba del viento, de los huracanes
Ochún: espíritu yoruba de las aguas dulces,
la fertilidad y el amor
Atabey: diosa suprema taína de las aguas dulces y la fertilidad
Xochipilli / Xochiquétzal: príncipe y princesa mexicas
de las flores, las artes y todos los sexos
Ometéotl: espíritu mexica de la creación en divino equilibrio

En el centro absoluto, coloco a mi diosa favorita:

Coyolxauhqui: diosa mexica de la luna

Descansa en un disco, una mujer hecha añicos,
pero una guerrera que luchó contra el dios de la
guerra, el Sol, por honor.
Aunque fracasó, lo intentó.

Coyolxauhqui vuelve en pedacitos cada noche
iluminando el cielo poco a poco
hasta que todas sus piezas rotas
se convierten en una sola.

Como última ofrenda de mi altar lunar
pongo mi primera muñeca, Alma, dentro de una calabaza abierta,
y luego añado un pedernal, como protección,
y un carrete de hilo para remendar
su vestido estampado de pájaros.
Me despido de ella en voz baja
mientras Mima la espolvorea
con polvo de cristal
que la baña de amor.

Mima y yo envolvemos cuatro postes,
uno para cada punto cardinal,
con cintas y cordeles rojos.
Colgamos cables con bombillas blancas
en árboles y arbustos
dibujando un círculo de luz.

Hablamos del nuevo vestido blanco ceremonial
que luciré por la noche,
y de mis sandalias nuevas,
y del rebozo de mi abuela Yeya,
que caerá de mis hombros
y seguramente tocará el suelo.

JUNTOS

Teresa y Marco vienen más tarde para ayudarnos,
pero solo Mima y Teresa
construyen la cabaña lunar.
Marco y yo las miramos mientras
atan seis cañas de bambú
por el extremo superior y las extienden
para armar una diminuta casa de palos.
La cubren con una colcha de crochet color marfil
que perteneció a la abuela de mi Yeya,
y la decoran con flores y ramas de hojas perennes;
parece una hermosa telaraña.
Aquí me sentaré durante la ceremonia.

Colocamos petates sobre la hierba,
y cojines y sillas para las mujeres mayores
que no pueden sentarse en el suelo.

Lavamos y secamos pequeños frascos de vidrio
con sus tapas, los llenamos de agua filtrada
y los adornamos con una cinta brillante.
Los pondremos delante de cada mujer

para recoger los rayos lunares
y poder beberlos
cuando nuestros corazones necesiten sanación.

Marco y yo buscamos leña
y periódicos para la hoguera.
Luego ponemos trece rocas alrededor
del hoyo del fuego que representan las trece
lunas que aparecen a lo largo del año.

Papi y Juju traen
caxixis, campanas, maracas y sonajas
de la colección de Papi; los tocarán las mujeres
porque en este círculo no puede
haber tambores.

Cuando pregunto por qué,
Mima me recuerda que Coyolxauhqui
tiene campanas en las mejillas,
y por eso la honramos e invocamos con sonidos
similares, sonidos dulces.

Una gran olla de pozole
cuece a fuego lento en la cocina.
El olor que calienta mi panza
se escapa de nuestra casita
y se abre paso hasta el jardín.

Mañana será mi primera ceremonia de la luna.
Miro nuestro jardín,
la fuerza que estamos reuniendo,
y después a Mima.
Los sentimientos de extrañeza
y nerviosismo que tuve
antes de hoy
se alejan de mí
mientras trabajamos con las manos,
sin hablar.

EN LA PUERTA

A la noche siguiente,
mientras llegan los invitados,
no puedo dejar de morderme las uñas.
Mis tías, mi Yeya y Chuyina,
que han venido desde Los Ángeles, ya están aquí.
Las mujeres del círculo de Mima y Teresa
y la Srta. Susana me saludan
con los abrazos más fuertes, lo que hace
que mi expectación crezca
como pan caliente en el horno.

Cuando Marco y Teresa llegan,
el pequeño temblor de mi piel comienza a calmarse.
Marco lleva pantalones Y un vestido,
y un precioso collar de cuentas de flores de jacalosúchil;
es un xochihuah de carne y hueso.

Las mujeres, vestidas de blanco,
se arremolinan mágicamente
para disfrutar del pozole de Mima

cuando llaman a la puerta.
Es alguien que no fue invitado.

Iván se yergue en el umbral.

Cuando Marco y yo nos acercamos
mi cara se enrojece,
mi aliento se acorta,
mis ojos viajan como dardos
de la expresión demasiado seria de Marco
a
la cara alegre de Iván.

Así que los cierro y
los abro de nuevo cuando el recién llegado dice,

Hola, Celi, ¿puedo hablar contigo un segundo?

Luego levanta la cabeza hacia Marco
en un gesto amistoso.

Me da tanta vergüenza que haya venido
que no le digo que no.

LUNA REINA

Cierro la puerta al salir
y me alejo del porche
por los escalones que conducen a la calle.
Cuando Iván me sigue,
un ardiente sol anaranjado se oculta velozmente
a nuestra espalda.

        ¿Qué estás haciendo aquí?
Solo quiero decirte que lo siento. Pero espera,
¿qué está pasando ahí dentro? ¿Dan una fiesta?
Me enderezo, respiro hondo y lo digo,
        Es mi ceremonia de la luna.
Oooh, alza las cejas de golpe.
¿La ceremonia azteca de la que hablaba tu mamá?
        Sí, y tengo que volver.

Se muerde el labio inferior como
si necesitara controlar su nerviosismo,
pero luego sus palabras
salen disparadas,
Siento mucho si te hice enojar, Celi. No estoy acostumbrado

a estar con gente como Magda y sé que es tu amiga
y todo eso, pero es difícil de entender,
¿sabes?
No tenías que ser tan cruel con él, ¿no?
Cierto, es un él. Ella es un él, quiero decir.
Mira, no lo entiendo, pero quiero entenderlo.
Es que tú... me gustas mucho. En serio.
Y sé que tengo que entender a Magda porque
si no la entiendo no podré estar contigo.
Mar no se merece el modo en que lo trataste,
esté yo de por medio o no.
Ya lo sé, tienes razón.

La panza me empieza a dar vueltas.
Me está costando mucho tragarme las palabras
y mis propios nervios retumban;
el reflujo de sentimientos luminosos me atrae hacia él
pero el flujo de la amistad de Marco
me empuja de vuelta a la orilla.

Antes de poder responderle,
Iván me toma suavemente de la mano,
se acerca,
dice en voz baja, *Te ves preciosa*,
mientras ladea la cabeza
y me mira con ojos de "¿podrás perdonarme?".

Está tan cerca
que siento
el calor
de su cara
junto a la mía.

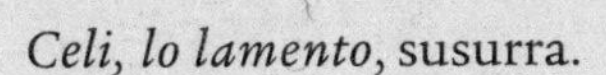

Celi, lo lamento, susurra.
En mis oídos sus palabras son
una marea interminable
que detiene el tiempo pero no,
porque el sol ya se ha puesto
y la oscuridad se arrastra por el cielo.
Iván se inclina,
¿será este mi primer beso de verdad?

Entonces, en un instante,
el cielo
se arremolina
y Luna se derrama sobre mí.
Veo la alegría de Marco,
nuestro eco al tocar y bailar,
ese que me eleva
como nuestro apretón de manos
entre dos pájaros que emprenden
el vuelo.
No puede haber baile sin música.

Recuerdo también
mi ceremonia de la luna,
las mujeres de blanco,
sus abrazos, el círculo.

Recuerdo que ahora soy una mariposa.

Volteo la cabeza para alejarme de Iván
y subo corriendo las escaleras del porche.

Estoy preparada para volar.

CÍRCULO DE LUZ

Después del pozole,
salimos al jardín,
donde Luna brilla
en todo su esplendor.
La fragancia del huele de noche nos envuelve.
Yeya, la mayor de todas nosotras,
nos baña con humo de incienso de copal
antes de entrar al círculo.

Miramos el fuego ardiente del centro y nos damos la mano.
Mima, Teresa, la Srta. Susana, Yeya, mis tías, Chuyina,
otras mujeres del grupo de Mima,
Marco y yo.

Siento volteretas en la panza.

En la bienvenida, Mima nos pide a todos
que demos las gracias en la lengua mexica, el náhuatl.
¡Tlazohcamati!

Después da las gracias a Ometéotl,
a nuestros antepasados,
a la Madre Tierra
y especialmente a la Abuela Luna,
por la que todos vestimos de blanco.
Ella sabe que estamos
en la tierra de Ohlone y honra
al pueblo indígena de Oakland.
Honra también a todos los presentes:
las ancianas que ya no sangran,
las que sangran ahora,
las que no sangran
y las que aún no han sangrado.
Mima también nos pide que digamos
en voz alta y al unísono el motivo principal
por el que estamos agradecidos.

Aunque mis palmas están sudorosas mientras
estrecho la mano derecha de Marco con mi mano izquierda,
digo que doy las gracias por mi cuerpo
al mismo tiempo que él.

Mima nos hace encarar
cada punto cardinal
para agradecerles sus dones,
pero también miramos al suelo y finalmente al cielo

para recibir la bendición de todo el universo.
Nos volteamos a la vez porque Teresa sopla
en una caracola del tamaño de un melón
y lanza su bramido al aire.

Camino lentamente hacia
la luminosa cabaña lunar
y no sé
en cuál de los dos cojines sentarme.
Mis latidos se aceleran
como un potro desbocado.

Sin previo aviso,
Mima entona en voz alta una canción
de la anciana, la Abuela Margarita,

> *Luna llena, luna llena,*
> *Lléname, lléname de amor.*
> *Luna llena, luna llena,*
> *Lléname, lléname de amor.*

Todas las mujeres agitan sus instrumentos
de percusión cuando termina.

Esta noche estamos aquí para dar la bienvenida
a la primera luna de sangre de Celestina Rivera,
su luna interior,
bajo la luz de esta antigua luna llena,

junto al fuego sagrado,
con toda la divina energía femenina
en el centro de nuestro altar y en este círculo.

Al mirar a las mujeres, veo que
¡sus ojos
están
clavados
en mí!

En vez de sentir ganas de morderme las uñas
o de esconderme en una cueva,
siento que un viento cálido
recorre mi cuerpo
de los pies
al pecho
y se apresura
hacia mi coronilla.

Y también estamos reunidos en este círculo para
rendir homenaje a un miembro sagrado de nuestra comunidad,
Marco Magdalena Sánchez, a quien hoy
honramos públicamente por ser xochihuah,
portador de flores,
imagen de nuestro Creador, Ometéotl,
en quien conviven armoniosamente la energía
masculina y la femenina.

Creemos que nuestros antepasados mexicas sabían
que esa unión de dos energías en una
debía considerarse sagrada.
Y así como recuperamos y reconstruimos
nuestras tradiciones, creamos este espacio
para que tu comunidad te bendiga.

Me vuelvo hacia Marco,
que está sentado con las piernas cruzadas
junto a mi cabaña
con la boca abierta
de la sorpresa.

Teresa se acerca a él,
lo ayuda a ponerse de pie,
lo conduce a mi cabaña lunar
y le dice que se siente
en el cojín vacío que está junto a mí.

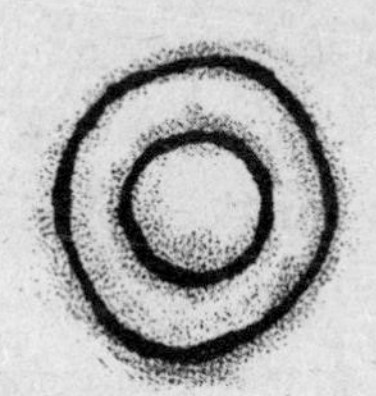

Me inclino para abrazarlo,
nuestros ojos se humedecen
pero contenemos las lágrimas.
Nuestras mamás se sientan a ambos lados
de la cabaña que ahora es *nuestra*
mientras se turnan
para dirigir los distintos rituales.

PURIFICACIÓN

Ambos estamos de pie frente a dos cuencos de hojalata
llenos de agua florida, agua de esencia de flores
que Yeya preparó para nosotros
mezclando
      flores de jacalosúchil y rosas,
      flores de sangre de drago, flores de ruda
      y huele de noche.

Mima mete las manos
en el agua y me frota con suavidad
los pies, las manos, la ropa, el cuello y la cabeza,
mientras Teresa le hace lo mismo a Marco.
Así nos purificamos, nos liberamos.

Yeya reza: *Que esta agua sagrada limpie*
los miedos, la negatividad y la tristeza. Que les sirva de
inspiración y los prepare para soñar en el viaje de la vida.

EL RITUAL XÓCHITL

Cada mujer toma una flor, una xóchitl,
del altar central y nos la sujeta o nos la prende en
el pelo, la ropa, los tobillos y las muñecas.

Teresa reza: *Que estas flores, símbolos de*
su paso a la adolescencia, los ayuden a seguir floreciendo
hasta convertirse en lo que deban ser. Para Marco Xochihuah,
en especial, estas flores representan tu belleza, tu fuerza,
tu perseverancia y tu propósito.

Me doy la vuelta y le sujeto una xóchitl
en el pecho de Marco.
Por fin comprendo que nunca ha tenido
un relicario secreto,
sino un corazón abierto y floreciente.

OMETÉOTL

Mima me guía de regreso a la cabaña
y Marco se queda fuera, de pie.
Teresa está frente a él,
sujetándole las manos
y mirándolo a los ojos.

Con voz cantarina dice:
Esta noche, te honro, Marco Xochihuah,
por el equilibrio y la dualidad que eres.
Dos energías en un cuerpo,
como el día y la noche,
la tristeza y la alegría,
la vida y la muerte,
que no podrían existir por separado.

Como imagen de Ometéotl,
eres la fluidez en movimiento.
Puedes sangrar como una mujer
y desenvolverte como un hombre en el mundo,
como has elegido hacer ahora.
Dondequiera que decidas prosperar

recuerda que eres la perfección en la encrucijada.
Nadie podrá cambiar lo que eres,
ni siquiera tú mismo porque
el Creador te hizo así.
Honro tu sabiduría.
Honro tu poder.
Honro tu fuerza.
Te quiero.
Tlazohcamati, xochihuah.
Tlazohcamati, Ometéotl.

Teresa da un paso atrás y le pide a Marco
que hable.

> *Desde que era pequeño*
> *sentí que había más en mí*
> *de lo que veían los demás.*
> *No fui capaz de explicármelo*
> *hasta que supe de la existencia*
> *de los xochihuah y de Ometéotl.*
> *Soy dual en ciertos días,*
> *pero en la mayoría me siento*
> *más chico que chica.*
> *Para ser sincero, aún estoy tratando de descubrir*
> *cómo acabaré, si como chico, chica o ambos,*
> *pero si de algo estoy seguro es de esto:*
> *Me siento afortunado de contar con*
> *la guía de este camino espiritual.*

Solo quiero que mi familia
y mis amigos me entiendan,
que acepten lo que soy
y lo que llegue a ser.

Teresa entonces le pone un collar
del que cuelga un amuleto, el símbolo de Ometéotl,
luego besa y abraza con fuerza a su hijo.
La percusión resuena acompañada
por lágrimas y gritos de alegría.

RITUAL DE LA PRIMERA SANGRE

Mima se vuelve hacia mí
y tiende las manos, así que
me reúno con ella junto al altar.
Me toma de las manos,
sus negros ojos un bálsamo calmante,
y dice:
En muchas culturas, la luna llena
es un tiempo de magia,
de sanación,
de rituales.
Los antepasados indígenas crearon un espacio
llamado tiempo lunar
donde las mujeres
podían reponerse, crear, soñar y descansar
cuando sangraban.

Nuestros antepasados consideraban sobrenatural
que las mujeres sangrasen
durante tantos días

y no murieran,
y que después dieran vida.
Por eso, la comunidad veneraba
esos días para honrar a todas las mujeres.
Con este ritual, te honramos, Celi, porque
ahora formas parte de esa ascendencia,
un linaje de dadoras de vida.
Estamos aquí para apoyarte mientras
dejas atrás tu infancia
y te conviertes en luna nueva, en mujer.

Me pone un collar
y explica que las cuentas de barro negro
representan los veintinueve días del ciclo lunar
y que esos días están separados por ocho
grupos de piedras de la luna: las fases lunares.

Y añade,
Esta noche ofrecerás
tu primera sangre a la Madre Tierra, Tonantzin,
quien conservará tu poder y lo transformará
en suelo fértil y en la nueva vida que necesitamos para vivir.

Luego me da una bolsita
que contiene un trozo de tela
manchada de rojo parduzco
y anuncia que esa es

mi primera sangre, que cortó de
la ropa interior que dejé en el cesto.
Luego me pide que enjuague
el trozo de tela de algodón en
mi cuenco de agua florida.
El agua se tiñe de rojo pálido.

No me sonrojo ni me doy la vuelta.
Mi relicario se queda sin goznes.
Me asombra ver como
la seda teñida de rojo del agua
se desliza suavemente
entre mis dedos.

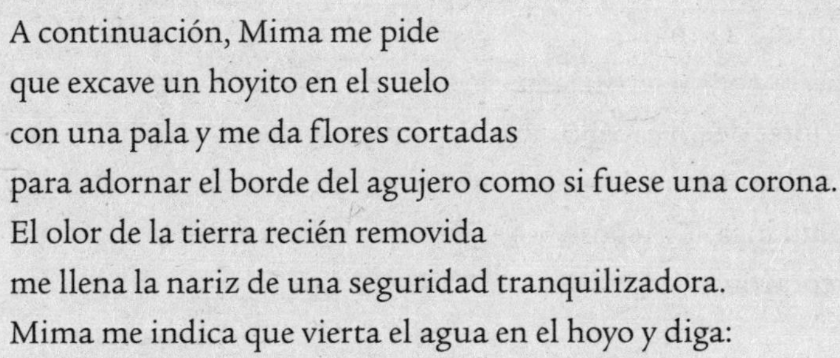

A continuación, Mima me pide
que excave un hoyito en el suelo
con una pala y me da flores cortadas
para adornar el borde del agujero como si fuese una corona.
El olor de la tierra recién removida
me llena la nariz de una seguridad tranquilizadora.
Mima me indica que vierta el agua en el hoyo y diga:

> Madre Tierra, Tonantzin,
> recibe, por favor, mi primera sangre,
> mi primera luna.

Después, sin que Mima me lo pida, agrego:

> Tlazohcamati, Tonantzin.
> Gracias, Mima, mis amigas y mi *amifriend*.

Gracias, Abuela Luna.
Tlazohcamati, mi Luna.
Que este círculo no se rompa jamás.

Con mi última palabra
la percusión suena con fuerza.
El sonido hace añicos mi relicario.
Estoy tan expuesta como la luna.
Al levantar la mirada, veo que sus rayos
circundan a todos los que me rodean:
Mima, Teresa, Yeya y Marco.
Luna baila esta noche.
Su luz traslúcida refulge
alrededor de mis manos,
de mi primera sangre,
de la tierra por mí fertilizada,
de las flores de mi cabello,
de mi nuevo vientre de mujer,
y halla un lugar de reposo
en mi corazón.

LUZ DE MEDIANOCHE

Cuando todos se han ido
y entro en casa para acostarme,
casi es medianoche.
Trato de no despertar a Juju.

Todavía me hormiguea la piel.
Las historias y los consejos
que las mujeres
compartieron conmigo
sobre sus lunas
          y sobre ser mujer
se arremolinan en mi cabeza.

Secretos
que solo ahora me podían
          confiar,
          tras mi propia luna.
Llenan mi relicario
y siento que se desborda.

Abro mi frasco de agua de rayos lunares,
tomo un sorbo y me doy cuenta
de que los rayos de Luna me han seguido hasta dentro.

Revoloteo con ellos
por la habitación,
los brazos extendidos
ahora más largos
y alados.

Contemplo la bella oscuridad
y me dejo llevar por los rayos de Luna,
para que ella y yo bailemos juntas bajo el manto de la noche.

NOTA DE LA AUTORA

Estimados lectores:

A lo largo de la historia ha habido tantas maneras de conectarse con la luna como personas. ¿Cómo no maravillarnos ante el cuerpo celeste más cercano a la tierra? ¿Cómo no sentir su influencia cuando prestamos atención? Mes tras mes, la luna nos muestra fielmente sus muchas fases, incluso en áreas urbanas iluminadas como Oakland, donde no siempre vemos las estrellas.

Para quienes menstruamos, nuestra conexión natural con la luna es innegable. Nuestros ciclos menstruales reflejan el propio ciclo lunar de veintinueve días. Personas de muchas culturas de todo el mundo han honrado esta conexión y han practicado ceremonias y rituales (tanto grandes como pequeños) durante miles de años. Las ideas occidentales modernas que prevalecen hoy en día en Estados Unidos postulan que nuestros cuerpos y nuestras menstruaciones son sucios, que hay que temerlos u odiarlos, pero eso solo es una pequeña parte de la experiencia humana a lo largo de la historia.

En América, gran parte del conocimiento de esta conexión natural se perdió, se eliminó o pasó a la clandestinidad a medida que sus pueblos fueron conquistados y obligados a asumir las costumbres de sus colonizadores. Muchas narraciones orales, transmitidas por mujeres indígenas, nos dicen que nuestro ciclo lunar es algo hermoso que vale la pena celebrar y honrar. La forma en que las mujeres con sangre indígena realizaban las ceremonias ha cambiado y continúa cambiando con cada generación, a medida que migramos, mezclamos culturas, experiencias y conocimientos. Lo que he compartido en este libro es *una* de esas formas, inspirada por mis raíces indígenas mexicanas y combinada con tradiciones caribeñas —tal como Celi es bicultural, puertorriqueña y mexicana, indígena multirracial, africana y europea—, elementos modernos, mi intuición y mis ideas. Las chicanas (niñas y mujeres estadounidenses de origen mexicano) practican también otros rituales para celebrar la llegada a la adolescencia, como el xilonen, que precisa hasta un año de preparativos y proviene de la danza azteca. Lo que nos une es la veneración por esos rituales, nuestra conexión ancestral con la luna y el interés por la conservación de esas prácticas que honran la conexión lunar con nuestros bellos cuerpos.

Una manera de conservar este conocimiento es manteniéndolo vivo en las comunidades, para evitar que sea adoptado o malinterpretado por personas ajenas a ellas. Otra es compartirlo más ampliamente. Con profundo respeto por lo anterior y por el acto de resistencia que representa, elegí escribir mi versión de una ceremonia lunar mexica porque creo que el olvido, la indiferencia y la falta de acceso a esta información han contribuido a que muchas chicanas vean la menstruación de forma negativa. En mi opinión, esto es más perjudicial que los posibles riesgos de una revelación. Respecto a las jóvenes chicanas y latinas con historias similares, quiero asegurarme de que conozcan la existencia de estas tradiciones y sepan que les pertenecen. Quiero que comprendan mejor sus cuerpos y a sus antepasados. A mí me hubiera encantado saberlo desde niña.

Del mismo modo, fueron las ideas indígenas precoloniales las que me inspiraron a crear a Marco, un personaje de género fluido. Como cisgénero chicana disgustada por la forma a menudo negativa en que ciertos miembros de mi comunidad ven y tratan a las personas de género fluido, mi intención era ofrecer una alternativa. Los mesoamericanos entendían mejor la sexualidad y ciertas pruebas parecen indicar que consideraban a los xochihuah como seres sagrados y los trataban con veneración o al menos con respeto. Aunque no podemos afirmar rotundamente que fuese así, el reto que propongo a mi comunidad es tener en cuenta esa sabiduría ancestral a fin de aceptar a los xochihuah y rechazar la intolerancia. Respecto a los jóvenes lectores de género fluido, sepan que en estas páginas se les ve, se les acoge y se les ama.

Por último, debemos entender que aunque todos estamos conectados con la luna y con nuestros antepasados, las prácticas que se muestran aquí no necesariamente deben ser tomadas como propias. Te animo, lector o lectora, a que indagues en tu ascendencia para descubrir sus rituales. Y si esas tradiciones no te convencen, úsalas como fuente de inspiración para corregir un error y crear algo significativo para ti y para las niñas, las mujeres y las personas de género fluido de tu comunidad.

Hay un par de ofrendas adicionales que encontrarán aquí. La primera es un poema maravilloso, "Canto de la flor para las doncellas que llegan a la mayoría de edad". El poema, que data de 1440, se escribió en el territorio del actual México antes de la colonización europea y se encuentra en una colección de poemas mayas yucatecos llamada *Cantares de Dzitbalché*. Cuando lo leí por primera vez, me conmovió tanto que me eché a llorar, no solo porque fue una introducción ideal para comprenderme a mí misma como mujer y comprender las culturas de mis antepasados, sino porque valida este libro. "Canto de la flor..." es la única descripción precolonial mesoamericana existente de una ceremonia de la luna y está versificado, igual que este libro. Cuando lo leí, aunque era maya y no mexica, sentí como si los antepasados hubieran viajado al futuro para bendecir tanto el contenido como la forma de mi narración. Tengo la esperanza de que ustedes también reciban su bendición.

La otra ofrenda es un calendario lunar dibujado por el asombroso ilustrador Joe Cepeda. La manera más fácil de comprender tu conexión con la luna es hacer un gráfico de cómo te sientes a lo largo de los meses. Puedes dibujar o calcar el calendario en una hoja de papel y utilizarlo para ver cómo cambian tus sentimientos y tu cuerpo a lo largo de las diferentes fases lunares. Si lo haces mes a mes, es probable que empieces a descubrir patrones, una maravillosa coreografía de tu propio baile con la luna.

Ojalá estas ofrendas encuentren un lugar en tu relicario y tú encuentres consuelo, sanación, comprensión y curiosidad acerca de tu cuerpo, tu sexualidad, tu arte, tu ascendencia, tu comunidad, tu belleza... todo lo que contenga tu corazón. Ojalá te inspire a no temer sino a amar tu poder interior. Ojalá ese coraje te ayude a enorgullecerte y a decir tu verdad para que podamos cambiar las ideas negativas de quienes prefieren que te calles y te avergüences de lo que eres. Ojalá todo esto, querido lector o lectora, resuene en el mundo para el fortalecimiento de todos.

Con amor,

Aida

"CANTO DE LA FLOR PARA LAS DONCELLAS QUE LLEGAN A LA MAYORÍA DE EDAD"

La bella, bella luna
se alza sobre el bosque
y dibuja su brillante senda
a través de los cielos.
Suspendida, vierte luz
sobre los árboles
y la tierra entera.

Una brisa sopla dulcemente
llevando aromas perfumados.
La luna alcanza su cénit,

su resplandor ilumina el mundo.
La alegría canta
en cada alma buena.

Llegamos al centro,
al vientre del bosque,
quietud absoluta.
Nadie verá
por qué venimos.

Traemos
Lol nikte, flores de franchipán,
Lol chukum, flores de sangre de drago,
Lol u ul, pétalos de jazmín de perro.

Traemos incienso de copal
y bambú silvestre.
Un caparazón de tortuga
y polvo de cristal.

Traemos hilo de algodón nuevo
y jícaras para los husos.
Un pedernal grande y hermoso
y un contrapeso.
Un nuevo bordado
y un pájaro sacrificial.

Nuevas sandalias también...
Todo nuevo,
hasta los cordones
para atarnos el cabello.
Así que la anciana
maestra y guía
ungirá con néctar nuestro cuello
mientras nos inicia
en el saber de las mujeres:

"Estamos en el corazón
del bosque
junto a una pileta de piedra
esperando que Venus,
rutilante estrella,
vibre con luz tenue
sobre la arboleda.
Quítense la ropa.
Suéltense el cabello.
Gocen a la luz de la luna
desnudas, como al nacer,
vírgenes,
mujeres,
doncellas".

(*Cantares de Dzitbalché, canto núm. 7*)

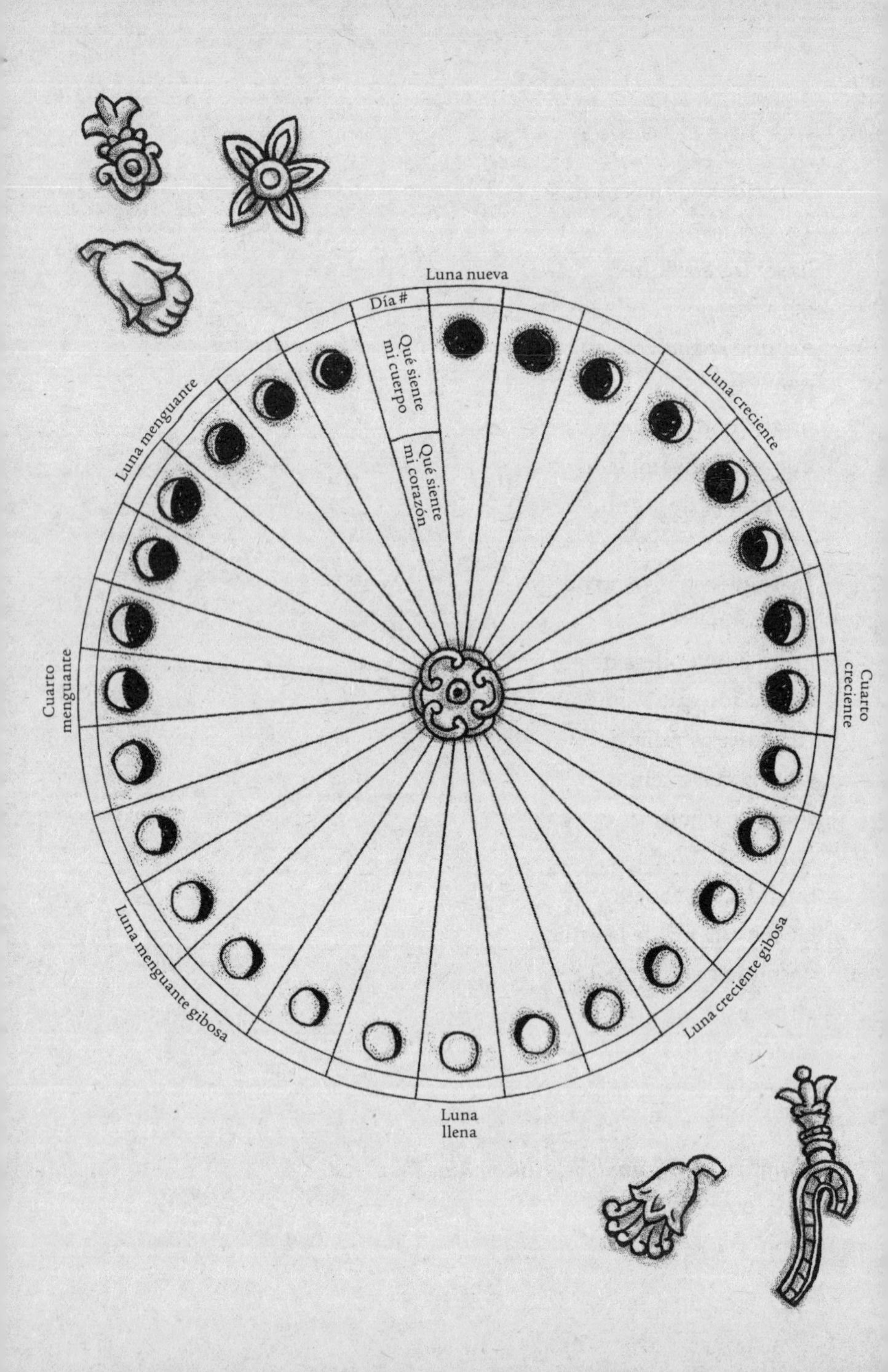
Luna nueva
Día #
Qué siente mi cuerpo
Qué siente mi corazón
Luna creciente
Cuarto creciente
Luna creciente gibosa
Luna llena
Luna menguante gibosa
Cuarto menguante
Luna menguante

LA LUNA DENTRO DE MÍ

Utiliza este calendario para seguir los ciclos de tu cuerpo y tu corazón mediante el ciclo de la luna. Puedes comenzar en cualquier momento y utilizarlo cada mes. Cópialo en tu propio diario mensual lunar. Importante: ¡no necesitas menstruar para ver cómo la luna te afecta!

Para empezar, mira la fase de la luna en el cielo y márcala como tu primer día. Relájate y piensa en lo que sucede dentro de ti. Usa los espacios (mira el ejemplo) para escribir palabras o símbolos que indiquen el estado de tu cuerpo y de tu corazón. ¡Sé tan creativa como quieras! Repite el proceso al día siguiente hasta que completes el mes. Luego, haz lo mismo el mes siguiente.

En el hermoso día en que llegue tu ciclo lunar, dibuja otro calendario. Busca la fase de la luna y márcala como tu primer día. Sea luna creciente o cuarto menguante, ¡da igual! Comienza allí y sigue adelante durante todo el ciclo. Lo importante es encontrar tu conexión con la luna, ¡para ver qué tipo de baile inventan entre las dos!

AGRADECIMIENTOS

Gracias hasta la luna...

La luna dentro de mí nació gracias a los sacrificios, lecciones y bendiciones que me dio una intrincada cosmología de personas y espíritus. Estoy profundamente agradecida a cada antepasado, cada anciano, cada maestro, cada escritor y cada ser querido cuya magia me apoyó o me desafió, pero siempre me animó a seguir escribiendo. Este libro está hecho por y para ti.

A Marietta Zacker, no solo mi agente, sino también mi alma gemela y compañera, te agradezco de corazón que creyeras en mi trabajo y me guiaras con tu brillante luz. Gracias infinitas a mi talentoso editor, Nick Thomas, con mente de rayo láser y espíritu abierto, que halló mi trabajo entre los escombros en la conferencia de SCBWI-LA y, para mi sorpresa, se convirtió en el mejor aliado, consejero, defensor y protector amoroso de la verdad que contienen estas páginas. El cariño más grande para Kait Feldmann, editora mágica de mi libro ilustrado, *Jovita Wore Pants: The Story of a Revolutionary Fighter*, y hermana feminista que ha luchado duro por mí, y cuyos fuego y luz me alentaron a ser fiel a mi visión. Arthur A. Levine: me llena de humildad hasta la extenuación que confíes en mí, me apoyes y luches por mi voz y mis elecciones, ¡gracias! Gracias al incomparable Joe Cepeda, que comprendió la esencia de esta historia tan bien que al ver su primer boceto de la cubierta me quedé sin aliento. Gracias lunares a mis lectores de precisión estelar que llamo "p/madrinxs de la luna" por bendecir este libro con su experiencia y su sabiduría: Mason J., Dr. Lara Medina, Yolanda Coyolxauhqui Valenzuela, Elise McMullen-Ciotti, Parrish Turner, Kyle Lukoff y, especialmente, David Bowles, quien me ofreció un regalo muy especial con su traducción del "Canto de la flor", la última pieza sobreviviente de la literatura precolonial sobre las ceremonias de la luna en América. Muchas gracias a Erin Casey, Nancy Gallt y al equipo de la Agencia Literaria Gallt Zacker por ser tan fantásticos conmigo.

Gracias a mi extraordinaria y comprensiva familia de Scholastic: Weslie Turner, cuyo agudo análisis contribuyó a la fuerza de esta narración; a la asombrosa diseñadora y artista Maeve Norton, gracias por hacer este libro tan hermoso; a Lizette Serrano, tejedora de libros de ensueño, gracias; y a las dinámicas Emily Heddleson, Danielle Yadao y Jasmine Miranda por todo el apoyo de su equipo. A mi fabulosa publicista, Crystal McCoy; a Tracy van Straaten, Ellie Berger, Jody Stigliano, Yesenia Corporan y Ann Marie Wong; y al cálido y generoso equipo de ventas de US Scholastic, a quienes tuve el honor de conocer: gracias por ayudar a que mi libro llegara a más niños de los que jamás imaginé. Un agradecimiento especial a Andrea Davis Pinkney, cuyo libro *The Red Pencil* me impulsó a volver a mis orígenes como poeta a fin de contar esta historia.

Gracias de todo corazón a mi amiga Diana Pérez por su apoyo incondicional y entusiasta a mis escritos desde que éramos mocosas de diecisiete años, y por cuidar esta historia con ternura y habilidades de doctora; a Yolanda Coyolxauhqui Valenzuela, sacerdotisa lunar y querida amiga, cuya sabiduría astrológica y espiritual hizo brotar y sostiene mi amor por la luna; a mis amigos adorados, notables escritores y artistas, entre ustedes: María Elena Fernández, Vickie Vertiz, Maris Curran, Adia Millett, Isabel García González, Victoria Delgadillo, Jamaica Itule Simmons, Joe Loya, Raúl Balthazar, Norma Liliana Valdez, Yaccaira Salvatierra, Leticia Del Toro, Sandra García Rivera, Susan Marchiona, Elizabeth Hansen, Roberto Lovato, Jesús Sierra, Michlene Cotter, Shefali Shah, Raquel Pinderhughes, Conceicao Damasceno y Yamile Saied Méndez, por proporcionarme la mejor retroalimentación para este libro y aguantarme muchas crisis mientras estuve enterrada durante mi maternidad, cuando sentía miedo de escribir, y por escucharme —escucharme de verdad— y quererme hasta que recordé que yo también era una artista. A mis queridos amigos artistas, niños y adultos (tantos que llenarían un libro entero), de las comunidades de música, escritura y arte chicanx, bomba puertorriqueña, brasileña, cubana, jazz latino, música global, folklore y baile hip hop de Los Ángeles y Bay Area: gracias por hacer de las artes el alma de nuestra familia.

Gracias cósmicas a mi cañón literario de IBPOC, que ha sacado nuestras historias de los márgenes y ha allanado el camino con sus palabras mágicas. La mayor gratitud por su lectura, apoyo y generosa publicidad a Juan Felipe Herrera (pionero poeta de las nubes y musa perdurable), Margarita Engle, Olugbemisola Rhuday-Perkovich, David Bowles y Naheed H. Senzai (quien fue la primera en leer y en motivar estas páginas de manera profesional). Siempre estaré agradecida a Daria Peoples y Leah Henderson por abrirme la puerta (y los ojos) al mundo editorial de una manera tan desinteresada y cariñosa. A mi fantástico colectivo de Las Musas (Hilda Burgos, Jennifer J.C. Cervantes, Tami Charles, Ann Davila Cardinal, Natasha Davis, Mia Garcia, Isabel Ibañez Davis, Tehlor Kay Mejia, Ana Meriano, Nina Moreno, Maya Motayne, Claribel Ortega, Emma Otheguy, Kristina Perez, Laura Pohl, Nonieqa Ramos, Michelle Ruiz Keil, Yamile Saied Méndez y Mary Louise Sanchez); muchas gracias por compartir este viaje conmigo. Gracias a mis hermanos editoriales por nuestra dulce relación en AALB/Scholastic: Mike Yung, Kelly Yang y Tony Piedra. Gracias a Latinx in Kid Lit, Latinx in Publishing y POC in Publishing por el trabajo desinteresado de abrir y mantener las puertas abiertas para nosotros. Gracias a la increíble Marcela Landres, quien me dio pautas tan generosas y acertadas para convertirme en una escritora profesional. A Christina García y a Carolina de Robertis y a todos los hermosos escritores de Las Dos Brujas Workshop 2017, me encanta ser una bruja con ustedes. Al Lunada Literary Lounge, gracias por ser para mí un firme refugio de palabras. A mis hermanos escritores, esos que dejan huella, de la Comunidad de Escritores de Squaw Valley y al mágico Hedgebrook, gracias por dejar espacio para mi dolor. A Hilary Homzie y Mira Reisburg, de la Academia del Libro Infantil, cuyas enseñanzas me ayudaron a revisar el primer borrador de este manuscrito; a Lin Oliver y a todos los escritores y líderes de los talleres de SCBWI por ofrecer lo mejor de sí mismos. A los maravillosos bibliotecarios y demás personal de la Biblioteca Pública de Oakland: Derrick DeMay, Annabelle Blackman, Mirriam Meadow, Mahasin Jullanar, Isela Anaya y Pete Villaseñor, que proporcionaron el mundo del libro perfecto a una escritora en hibernación y a sus hijos hambrientos de lecturas. Un agradecimiento muy especial a Isabel Shazam, Roberto Miguel, Patti O'Reiley y el Conservatorio de Danza de Sonoma, los primeros en creer que los rayos de la luna y las chicas estaban destinados a bailar juntos.

Todo el agradecimiento del mundo a mi fuente, mi mami bella, María Isabel Salazar Viramontes, por enseñarme el poder de la fitoterapia, por tu voluntad de vivir una vida plena y bella frente a la tragedia y por amarme, más; a mi padre, Fidel Rafael Salazar, quien me enseñó que los sueños de los inmigrantes no deben dejarse escapar y quien fue el primero en traducir este libro al español para dármelo de sorpresa en el Día de las Madres; a mis hermanos, Isabel, Rafael, Edith, Verónica, Angélica y Belinda; y a mis hermanos políticos Nélida, Carlos y Tom —cada uno de ustedes es vital para el latido de mi corazón—; gracias hermanas y hermanos por todo; a mis sobrinos y sobrinas, Sammy, Jonathan, Janelle, Mikey, Kristen, CJ y Miley por permitirme ser ingeniosa con la maravilla de sus vidas y por reforzar mi idea de escribir para los jóvenes. A mis abuel@s, ti@s, y prim@s, algunos de los cuales han entrado recientemente en el reino de los antepasados: los tengo cerca sin importar cuán lejos se vayan. A la hermosa y salvaje familia puertorriqueña y caboverdiana con la que me casé: gracias por compartir conmigo su sabor y su amor.

Más importante aún, a mi ángel, Amaly, y a mis hijos vivos João y especialmente Avelina, la brillante inspiración de esta historia; gracias, amores, por confiarme el privilegio de ser su madre y por sus vidas llenas de arte y florecimiento que me han enseñado a llegar hasta la parte de mí que contiene el amor, el dolor y la esperanza en un mundo distinto, y me ha permitido cantarlo desde mi pluma. Finalmente, le ofrezco mi gratitud amorosa a mi encanto, John, por rescatarme, sostenerme, deleitarme y amarme como nadie. Bailar contigo en este mundo es una bendición.